Patricia Duterne

LES ESCALES DE ROSE

Chat Ailé

À Xavier

Il n'y a pas de hasard, il n'y a que des rendez-vous.

Paul Eluard

UN AN

Je gigote derrière mes barreaux. Mon lange me gratouille entre les cuisses. J'ai encore tout mouillé. J'adopte un air ronchon pour que quelqu'un dans cette maison se rende compte qu'il est plus que temps de me changer et de m'habiller plus chaudement. J'ai déjà le nez qui coule. Je peux compter les bulles qui s'échappent de mes narines, descendent lentement vers ma bouche. Hop, j'en avale une. Marrant ce nouveau jeu. J'en oublie presque ma couche souillée. Ah, encore une mais cette fois, je dois éternuer et je n'aime pas cracher, c'est dégoutant. Toujours personne à l'horizon. J'entends de la musique pourtant mais pas de bruit de cuisine. Peut-être qu'elles vont aussi oublier de me donner ma purée de carottes. Dernière mode dans le rayon bio du coin. J'en ingurgite tellement que je n'arrive plus à faire caca. Je ne me plains pas. Je ne suis pas de nature geignarde. J'ai un petit bedon tout rebondi et pour attraper mon nombril, je dois tortiller mon doigt bien profondément. Si je mange encore beaucoup de carottes, je vais avoir des grandes oreilles et une queue de lapin. Bon, maintenant ça suffit, je vais crier ! Tiens, j'entends des pas, des talons de femmes… Justine ou maman ? Je suis envahie par un parfum agressif, il me donne tout de suite mal à la tête. C'est Justine… Elle me regarde du haut de son mètre quatre-vingt. Elle a un air de propriétaire. Je suis SA petite sœur et c'est à elle qu'incombe le devoir de s'occuper de moi. D'où mon état actuel et mes purées en pot. Quinze ans, ma brindille de sœur. Justine et son miroir, Justine et ses breloques scintillantes. Justine et son maquillage de sorcière. Elle est gentille dans le fond mais elle ne sait pas s'occuper d'un bébé. En la voyant arriver, je constate que j'ai dû rater un épisode de la journée. Si elle a emprunté une robe de maman, c'est que maman est sortie. Je ne l'ai pourtant pas entendue. Elle a oublié de me donner mon bisou du soir. Normalement, j'entends son rire joyeux, je sens son odeur de vanille, comme une crêpe. J'entends aussi le tic tic de ses talons. Elle porte des échasses ma toute petite maman, Sinon, elle est mini rikiki. Je me demande si plus tard je serai plus grande qu'elle... Moi j'aime bien quand elle traîne en chaussons le dimanche, les cheveux tout en désordre, les yeux à moitié endormis et la voix toute cassée. Elle se prélasse, et surtout, elle me prend dans ses bras et me raconte...

Mais, quand maman sort le samedi soir, elle porte une robe mettant en évidence ses formes généreuses. Je blottirais bien ma tête entre ses seins si douillets, si chauds. Ils sont encore lourds de ce lait doux-amer qu'elle consent encore à me donner. C'est notre grand moment câlin du soir. Elle est fière de sa poitrine toute ronde. Je la suspecte de poursuivre l'allaitement juste pour pouvoir en profiter un peu. Ses hanches ont perdu leurs rondeurs mais je m'y sens encore bien, assise dans ses bras. Elle est toujours super belle ma maman quand elle s'en va le soir. Même pas besoin de tralalas. Juste une petite robe et c'est super chic. Ses grands yeux verts sont à tomber par terre. Mais elle craque quand même pour des boucles d'oreilles et un pendentif au creux de la gorge, dans le repère lunaire de mon ami Pierrot. Quand elle se penche enfin vers moi pour me dire au revoir, ses cheveux d'ébène me chatouillent le nez et les joues. Je ne parviens jamais à retenir un rire. C'est tellement doux. Pourtant, je sais que toutes ces sensations sont associées à son absence. J'aime tant quand elle est là. Ses sorties me laissent toujours une petite boule dans la gorge. Mais je ne pleure pas. Je joue la grande. Elle croit peut-être que je souris à son départ...

Mais aujourd'hui, pas de guiliguilis... J'ai vraiment dû rater un épisode.

Justine m'attrape et remarque tout de suite que je suis toute mouillée.

– Et merde !

Oups, va falloir qu'elle me change. Pas de bol, maman aurait dû y penser avant de quitter la maison. Elle me soulève et me tient à bout de bras.

– Tu sens mauvais. Beurk.

Surtout ne pas tâcher la robe de maman sinon, Justine se fera prendre. Je baigne donc dans le complot malgré moi. Alors je hurle mon mécontentement.

– Arrête de crier, tu me fais mal aux oreilles.

Justine furieuse se précipite dans la salle de bains et me jette presque sur la table à langer. L'action commence. Je ne me laisse pas tripoter facilement. Je me tortille dans tous les sens juste pour prolonger le contact car je sais qu'une fois propre, elle me redéposera dans mon parc, où je finirai par m'endormir, me réveillant en pleine crise de famine. J'exagère à peine.

– Reste tranquille, je n'vais jamais y arriver.

– …

– Mais arrête bon sang, tu pourrais m'aider, non !

Justine bondit littéralement sur l'énorme pot de talc. Forcément que je suis gercée. Faut réagir plus vite, vérifier que petit bateau ne prend pas l'eau. J'adore le talc mais pas Justine.

– Et merde, je vais en mettre partout.

Toute une histoire, toujours pour protéger LA robe. Finalement, elle va vite chercher un tablier de cuisine pour se protéger. Elle enfile même le bonnet de douche. Je me marre en la voyant. N'importe quoi. Si son amoureux la voyait dans cet accoutrement, elle deviendrait rouge pivoine. Mais là, Justine ne l'attend pas, alors elle déploie les grands moyens. Et ce qui devait arriver arriva. Paf, le pot de talc par terre ! J'avoue que je l'ai un peu aidé à dégringoler.

– T'as vu ce que t'as fait, on est bien avancées maintenant. T'es vraiment une peste quand tu t'y mets.

C'est trop drôle, moi qui n'aime pas cracher, voilà que je suis prise d'une crise d'éternuements. Ça me gratouille le nez. Je ris en même temps et finalement, Justine se détend et éclate de rire. Nous y sommes enfin. Toutes les deux nous retrouvons notre connivence. Nous mettons un certain temps à nous remettre de ce fâcheux incident. Je décide de l'aider et me tiens tranquille. Je me laisse manipuler dans tous les sens jusqu'à ce que Justine arrive à me glisser dans une barboteuse toute propre.

– Nickel. T'es belle comme un cœur et au moins tu sens bon.

Et voilà qu'elle m'emmène, dans ses bras, jusqu'à ma chaise haute. Elle n'a donc pas oublié qu'il est plus que temps de me rassasier.

– Regarde, j'ai une surprise pour toi. Acheté tout spécialement pour ma princesse.

Et non, je n'en crois pas mes papilles, j'ai de la compote de pommes, ma préférée de préférée de chez préféré ! Je m'étrangle presque de bonheur. Justine doit user de subterfuges pour que je ne m'agrippe pas au petit pot. Zut, prout, j'entends déjà la cuillère qui gratte le fond.

– Cor, cor...

– Désolée mais il n'y en a plus. T'es une sacrée goulue.

Je ne cache pas ma déception et Justine le comprend bien mais elle ne peut y remédier. Alors, elle me prend sur ses genoux et me donne un GROS bisou. Dommage qu'elle sente si fort le patchouli. Mais j'en profite quand même et me laisse glisser tout contre sa belle robe, je cale ma tête au creux de son épaule et je me sens bien. On dirait que Justine apprécie aussi le moment. Subitement, elle se raidit, je me redresse d'un bloc, en alerte.

– Quelqu'un tourne une clé dans la serrure. Oh merde. Pas lui.

Un fracas monte jusqu'à l'étage. Justine se précipite pour me déposer dans ma cage et court, un étage plus haut, dans la salle de bains. J'imagine qu'elle essaye de mettre un peu d'ordre dans sa tenue. Mais il est trop tard. LE paternel est là qui sourit de toutes ses dents grises et méchantes. Il ne dit rien mais me lance un regard noir. Il pue la vieille vache qui pisse. Ça doit ressembler à ça. Un véritable rat qui sort droit des égouts. Surtout qu'il ne s'approche pas ! Garde tes distances gros dégoûtant. Il n'a pas dû se doucher depuis une éternité. Sûrement depuis la dernière fois qu'il a mis les pieds ici. Il sait. Il en profite. Le samedi soir, il a une chance que maman ne soit pas là pour dresser les barrages. Justine n'est pas assez forte. Quant à moi, je suis insignifiante. Une souillon et une braillarde. Ce sont ses mots. Il ne m'aime pas et moi non plus. Justine a quitté la salle de bains et s'est enfermée dans sa chambre. Super, me voici seule avec le Monstre. Son sourire s'élargit. De plus en plus hideux ce rictus. Il a une cigarette au bec, qui ne sera bientôt plus qu'un mégot. Je vois la petite lueur rouge au bout. Je suis son cendrier préféré. Mes plaies à peine refermées, j'ai peur qu'il ne recommence. Mais il ne s'approche pas. Il sait que maman a prévenu la police. Alors il n'ose pas. Il est immobile à quelques pas de moi. Ce n'est pas la bonne personne qui se trouve derrière les barreaux. Justine doit se demander pourquoi je ne crie pas. Mais elle n'ose pas descendre. Tout à coup, je me rends compte que je me suis recroquevillée, en boule dans un coin. Une vraie démonstration de faiblesse. Mais je n'ai qu'un an. Je suis tétanisée. Je n'arrive plus à respirer. J'ai mal au ventre. Ma bonne compote est sur le point d'emprunter le chemin inverse. J'essaye de me cacher derrière Babar mais il est trop tard, il m'a vue. Et puis...pfffft... ! Il n'est plus là. Disparu. La porte claque. Justine cavale et vient me délivrer.

– Il t'a rien fait, dis, il t'a rien fait ?

Elle tremble aussi fort que moi. Elle pleure et je sens ses larmes couler sur ma joue. C'est alors que je m'y mets moi aussi, un vrai déluge coule de mes yeux. Le Monstre ne m'a pas touchée et pourtant j'ai tellement mal. Nous nous agrippons l'une à l'autre dans un mouvement de balancement agité.

– Chuuut, je suis là, pleure pas... Chuuut…

Nous sommes terrorisées et notre union ne nous apaise pas. Toujours enlacées, Justine parvient à nous extraire de cette torpeur et à saisir le téléphone.

Dans cinq minutes, maman sera là.

DEUX ANS

Maman pleure.

Justine pleure.

Et moi, je suis toute triste.

J'étais pourtant contente. J'ai réussi à faire caca dans mon petit pot et maman l'a à peine remarqué. Elle continue à me mettre des langes. Je dois lui rappeler que je suis grande.

– Non, pot !

– Quoi le pot ?

– Rose pot.

– Ah oui, tu as raison, mais je n'ai pas le temps.

– Rose pot ! Et c'est à mon tour de verser des larmes.

Maman est énervée mais je n'y peux rien. J'essaye de lui faire plaisir. Et Juju ne vient plus m'aider. Elle reste enfermée dans sa chambre pendant des journées entières. Quand maman a le dos tourné, je vais frapper à sa porte. Je suis trop petite, je ne sais pas ouvrir toute seule. Justine n'écoute plus sa musique. Alors, je l'entends pleurer. Parfois, elle vient et me prend dans ses bras. Elle est toute chiffonnée. Je me laisse bercer et on dirait qu'elle va mieux.

Je suis allée au marché avec maman. J'ai choisi une belle écharpe rouge. J'ai donné tous mes sous. Justine l'aime bien. Elle la met tout le temps. Heureusement, elle a changé de parfum. Maintenant, elle sent la pomme.

Justine ne va plus à l'école. Le docteur est venu. Justine doit se reposer. Maman ne sait plus comment aider Juju. Une dame est venue. Une « tante siale ». Je sais pas dire le mot comme il faut. Justine n'a pas voulu lui parler. Maman est allée trouver le directeur de l'école et a réussi à nécier (oups, encore un mot difficile). Justine recevra les cours et travaillera de la maison. Les copines de Juju ne viennent pas la voir. On dirait qu'elles ont toutes disparu.

– Mies Juju ?

– Justine est triste et elle ne veut voir personne.

– Rose !

– Oui, toi tu peux. Tu es sa chouchoute.

– pouquoi tiste ?

– Je ne sais pas comment t'expliquer. C'est très difficile.

– ficile ?

– Oui, ce sont des histoires de grandes personnes.

– Grande Rose.

– Tu es grande pour certaines choses. Mais là, c'est bien trop difficile pour toi. Je te promets que je te raconterai tout un jour.

– Peure pas maman.

– Non, non… ça va aller… Viens faire un gros câlinou.

Moi, je suis Rose câlin.

Maman a commencé à remplir des cartons. Elle les empile dans la cave. Je ne peux pas descendre. Les escaliers sont trop dangereux. J'ai vu qu'elle avait pris des vêtements et des chaussures. Elle a même enlevé un joli miroir qui était dans le hall. Je l'aimais bien. Il y a des étoiles tout autour. Maman le lance dans un sac. Attention, elle va le casser ! Elle pleure encore. Alors, je vais lui prendre la main. Elle s'agenouille et me donne un gros bisou. Elle essaye de sourire mais n'y arrive pas très bien.

Maman continue à vider la maison. On dirait qu'elle veut que tout disparaisse. Elle jette même des beaux livres avec des photos. Un monsieur est venu chercher un vélo. Je ne sais pas à qui il appartient. Je ne savais pas que nous avions un vélo. Moi, je vais demander à maman pour en acheter un avec des petites roues pour ne pas tomber.

Je l'ai déjà vue découper des journaux. Il y a des photos d'un monsieur. Mais je n'arrive pas à voir. Maman cache vite les images et les met dans une grande boîte. Elle l'a posée tout en haut de son armoire. Je ne sais pas l'attraper.

Aujourd'hui, maman et ma marraine remplissent la voiture avec toutes les caisses et les sacs. Justine vient avec nous. Elle a mis un gros manteau mais il fait très chaud. Elle a enroulé l'écharpe autour de son cou et un chapeau s'enfonce sur sa tête. Je crois qu'elle ne veut pas qu'on la reconnaisse. Mais c'est raté. Moi, je sais que c'est Juju. Nous partons chez un cousin de maman qui a un grand jardin. Il a préparé un trou bien profond. Je suis entre maman et Juju. Nous nous tenons la main. Maman et ma sœur ont pris tout ce que nous avons apporté et elles ont tout balancé dans le trou. Après, elles ont toutes les deux gratté une allumette et elles ont mis le feu. On a dû reculer à cause des grandes flammes. Je regarde maman, ses yeux ne pleurent plus. Par contre, Justine ne sait plus s'arrêter. Nous restons devant le feu jusqu'au bout. Ça prend beaucoup de temps et j'ai mal aux jambes et aux bras. Mais je n'ose pas bouger. Je crois que c'est un moment très important. Il faut que je m'en rappelle.

Une grande page de ma toute petite vie vient de se tourner

QUATRE ANS

L'école est finie ! Vivent les grandes vacances ! J'suis bien contente. Je n'aime pas l'école. Pourtant j'avais envie d'y aller et de passer la journée avec ma copine Lucie. Au début, nous étions inséparables, de vraies sœurs siamoises. Madame Nancy n'arrivait pas à nous décoller sans causer un drame. Elle y a d'ailleurs vite renoncé. A l'heure de la sieste, nous arrivions à nous serrer tellement fort l'une contre l'autre que nous n'avions besoin que d'un seul matelas. Nous nous échangions nos pouces et nous endormions enlacées. Et puis un jour, Lucie n'est pas venue en classe. Je l'ai cherchée partout, complètement déboussolée. Je croyais qu'elle me faisait une blague et qu'elle allait apparaître tout à coup devant moi avec son sourire de clown. Mais non, sa chaise est restée vide. Je n'ai pas bougé de toute la journée. Je ne voulais rien faire. Nathalie et Cédric ont essayé de m'extirper de ma chaise mais sans résultat. Je ne pleurais pas, je ne criais pas. On aurait dit que j'avais avalé ma langue. Mes yeux grands ouverts ne trouvaient pas mon soleil. Mes oreilles n'entendaient plus le rire de mon amie. Quand Justine est venue me chercher, elle a tout de suite remarqué mon mutisme. Elle a dû me porter, mes jambes ayant démissionné. A la maison, maman ne comprenait pas mon état. Elle me harcelait de questions mais ma bouche restait fermée. Pour me dérider, elle a préparé un grand plat de macaroni au gratin. Ma main n'attrapait pas la cuillère, je n'arrivais pas à lever le bras. Maman a donc décidé de me donner à manger. Peine perdue, ma bouche ne voulait pas s'ouvrir. Ma mâchoire n'était pourtant pas crispée. Au contraire, j'étais toute molle. Je ne savais plus comment m'y prendre pour manger. Je sentais bien que quelque chose n'allait pas. Lucie ne m'aurait jamais abandonnée.

Le lendemain, Madame Nancy nous accueille avec des larmes dans le regard. J'avais l'impression que j'allais me noyer dans un grand lac et que j'allais couler d'un bloc. J'ai vu ses lèvres bouger et puis, je ne me souviens plus de rien. Je suis restée une semaine à la maison. Justine ne me quittait pas. J'étais un vrai chiffon. Le corps de Babar, tout chaud, prenait la place de celui de Lucie.

– Où elle est Lucie ? Pourquoi elle vient pas ?

Et ce silence... Même Justine n'écoutait plus sa musique stridente. Un jour la maman de Lucie est venue près de mon lit. Elle m'a serrée très fort dans ses bras. J'ai cru étouffer. Elle m'a regardée.

– Lucie est au ciel avec son papa.

– Pourquoi Lucie elle est au ciel ? Comment elle a fait ? Elle va redescendre ?

– Non, elle ne va pas revenir.

– Mais si elle sait monter, elle sait descendre. Et pourquoi elle m'a pas dit qu'elle part ?

– Elle ne le savait pas. C'est compliqué.

– Je veux aller avec elle !

Maman m'avait acheté une grosse doudoune pour aller à la montagne. Je l'aurais emportée pour ne pas avoir froid dans les nuages.

– Ecoute, il faut être courageuse. Lucie ne va jamais revenir.

– QUOI ?

IMPOSSIBLE ! Mon amie Lucie devait revenir. On devait aller dans un chalet pour Noël. Elle m'avait montré la photo de la maison. Le gros Pouf, son chien tout blanc venait avec nous. Alors pourquoi elle m'avait raconté tout ça ? Ce n'était pas drôle du tout. Maman m'a prise par la main.

– Viens, on va voir Lucie.

– Sa maman dit qu'elle est dans le ciel.

Je saisissais de moins en moins. Elle était là oui ou non ? On a pris la voiture et on est arrivé dans une maison où il y a plein de fleurs. Maman m'a montré une grande boîte blanche avec des roses blanches posées dessus, et devant, se trouvait la photo de Lucie. Elle m'a expliqué la mort de Lucie. Un vieux monsieur ne voyant plus très clair voulait acheter des bonbons pour sa petite fille. Comme le magasin était trop loin, il a pris sa voiture. Il a vu Lucie et son papa trop tard. Lucie revenait de son cours de danse. Elle n'avait pas voulu retirer son tutu tout neuf et avait gardé ses ballerines. Elle montrait à son papa les nouveaux pas appris dans l'après-midi. Et puis hop, la voiture du vieux monsieur est montée sur le trottoir et a fauché Lucie. En voulant sauver sa fille, son papa a été emporté avec elle. Lucie voulait devenir une danseuse étoile. Maintenant elle serait une étoile dans le ciel. Elle veillerait sur moi pour qu'il ne m'arrive rien de méchant ou de grave.

– C'est quoi la boîte ?

– Lucie se repose. Tu comprends, elle est morte. Elle va devenir un ange dans le ciel.

– T'as dit qu'elle est une étoile.

– Oui, si tu préfères, elle est une étoile.

– Je veux voir Lucie. Elle se repose, je peux voir.

– Non, tu ne peux pas. Je suis désolée ma puce. Nous n'aurions jamais dû venir ici. Je pensais bien que c'était une erreur. Tu es trop petite pour comprendre.

Mais alors pourquoi cette boîte ? Lucie est une étoile, elle est au ciel et en même temps elle est dans la boîte… Pourquoi je ne peux pas voir Lucie dans la boîte ? Je veux aller avec elle. Nous avons l'habitude de nous serrer l'une contre l'autre. Il y a sûrement de la place pour deux. Maman m'agrippe et dit au-revoir à Lucie.

– Elle t'entend pas. Elle va plus respirer si elle est dans la boîte.

-Elle ne va pas y rester. Mais ne t'en fais pas. Là où elle est, elle nous voit et nous entend.

– Je comprends rien !

Je me mets à pleurer toutes les larmes de mon cœur.

Je me traîne derrière maman. Lundi je retournerai à l'école sans Lucie qui restera dans sa boîte et deviendra une étoile. Peut-être qu'elle sera une étoile filante et réalisera mes vœux.

L'école sans Lucie n'est vraiment pas amusante. Madame Nancy est toute timide avec moi. Je n'ai envie de participer à aucun jeu. Le matin, dans le calendrier, le soleil a disparu. Seulement des nuages et de la pluie. Je n'ai pas envie de décorer l'arbre de Noël. Je vois tout le temps la photo de Lucie devant le chalet et le gros Pouf couché à ses pieds. Très vite les premiers flocons arrivent. Je reste près de Madame Nancy, je ne veux pas lancer de boules de neige ou participer à la fabrication d'un gros bonhomme de neige. Il est moche. Son chapeau est défoncé et son nez en carotte est tout pourri. Les autres enfants dansent la farandole autour du bonhomme baptisé « Tempête ». Quel drôle de nom. Je ne suis pas méchante avec les autres enfants, je ne leur parle pas. Je ne parle plus à personne sauf à la maison.

Maintenant, ce sont les grandes vacances et je vais pouvoir parler à Lucie toute la journée. Nous partons à la mer. Le copain de Justine vient avec nous. C'est un nouveau. Je ne le connais pas bien. Il est beau et Justine n'arrête pas de parler de lui. Hugo ceci, Hugo cela. C'est lui qui surveille la mer du haut de son grand tabouret. Il gagne des sous pour offrir des glaces à son amoureuse. Parfois, il m'en donne une.

La banane, c'est ma préférée. Un jour, Justine et Hugo m'ont invitée à manger un banana split.

– Waouh, c'est booooonnnnnn ! T'as vu, y'a des parasols !

Quel délice ! Je n'ai rien mangé d'aussi bon de toute ma vie. Je les ai enlevés tout doucement et j'ai sucé la tige.

– Pourquoi tu pleures Juju ?

– Je ne pleure pas ma puce, je suis contente.

– Moi aussi !

– Je t'aime trop ma petite sœur. Elle me plaque un gros bisou sur la joue.

– Moi aussi j'taime fort ma Juju. Et à mon tour je lui donne un gros bisou plein de glace.

Le lendemain, je ramasse des coquillages. Des tourelles, des couteaux mais aussi des étoiles de mer. Je remplis mon seau et le soir je montrerai mon butin à Justine. En me baissant sur les rochers autour du brise-lame, j'ai vu une petite main s'approcher de la moule que je convoitais. Nos mains se sont précipitées vers le mollusque et nous l'avons saisi en même temps. Nous nous sommes regardées, étonnées. Nos yeux se sont rejoints. Les siens étaient tout noirs. Ils n'étaient pas tout ronds mais allongés. Elle me regardait très fort. Nous avons éclaté de rire. C'est là, au milieu de nulle part, ni dans l'eau, ni sur le sable que j'ai rencontré Louisa. Avec un L comme Lucie.

– Elle est rigolote Louisa.

– Bonjour Louisa, je m'appelle Justine, je suis la grande sœur de Rose

– Bonjour, ma maman, elle est là-bas.

– Je vais aller la saluer.

– T'as vu on est grandes pareilles!

– Oui, on dirait deux boules de glace. Toi à la fraise et Louisa au moka.

Elle est déjà toute bronzée. C'est normal, elle est espagnole. Moi, je dois mettre une grosse couche de crème pour me protéger et le soleil m'envoie quand même des coups. Nous avons le même chapeau bien fixé sur la tête avec une cordelette. Nos mamans ont dû l'acheter, sur la digue, dans le même magasin. Il y a des petits pois rouges dessus. J'en voulais un avec des tortues mais maman préférait l'autre. Maintenant je suis contente, on dirait presque deux sœurs. Nous avons aussi toutes les deux une bouée. La mienne est toute jaune avec une tête de canard. La sienne est rose avec une tête d'hippocampe. La maman de Louisa est contente d'avoir en Justine une baby-sitter. Elle peut lire en paix sans devoir surveiller sa turbulente de fille. Justine nous entraîne dans la mer et nous rigolons comme des folles. On se tient par la main et on se jette dans les vagues dès qu'elles arrivent. Je ne sais pas comment j'ai bu la tasse. J'ai cru que j'allais étouffer. L'eau restait coincée dans ma gorge et ressortait par mon nez. Mais tant pis, c'est trop chouette. Ma sœur nous photographie sans cesse. Elle leur enverra des beaux souvenirs. Parfois, il pleut. Louisa vient dans notre appartement, le Nautilus. Nous restons étalées sur le tapis avec des bandes dessinées. Justine est abonnée à Spirou et je lui chipe les revues même si je ne sais pas encore lire. Je présente à Louisa les personnages. Elle ne connaît pas le Marsupilami.

– Il habite en Palombie.

– Connais pas, c'est loin ?

– Oui, très loin.

Je connais le nom du pays. Justine me l'a fait répéter plein de fois. Je suis très fière de l'avoir retenu. C'est un mot très difficile. Je regrette de ne pas avoir emporté plus d'albums.

Parfois, nous nous endormons sur les livres ouverts. Justine nous dépose alors dans le même lit. Je parle de Lucie à Louisa.

– Mainnant, elle est une étoile dans le ciel.

– Ouah. Tu la vois ?

– Oui, La grosse qui brille plus fort.

Louisa ne suce pas son pouce mais elle trouve le jeu amusant et nous nous endormons pour une bonne sieste les mains entortillées et nos nez tout contre l'un de l'autre.

Je ne vois pas le temps passer. Hugo a terminé son travail et retourne à Bruxelles. Justine commence à décompter les jours qui la séparent de son amoureux. Maman vient nous rejoindre ce week-end. Ce sera le dernier. Un soir, exceptionnellement chaud, Justine s'installe sur le sable avec un gros bouquin. Louisa et moi jouons un peu plus loin. Tout à coup, la terre disparaît sous mes pieds et je me retrouve dans un grand trou noir. J'atterri sur mes fesses. Je ne comprends pas ou je suis. Je me relève mais Louisa est trop loin. Je ne sais pas attraper le bord pour remonter. Je hurle comme une folle.

– JUSTINE, JUSTINE, AU SECOURS !

Le noir me fait peur. Louisa m'appelle.

– J'te vois pas, fait tout noir.

Je saute dans tous les sens en criant de plus belle.

– J'ai peur.

Justine arrive.

Je claque des dents.

Je suis tombée dans le piège du grand méchant loup. Il va m'avaler toute crue !

Justine montre sa tête au-dessus de moi et un cri s'échappe de sa bouche.

– ROOOOOSE !

– J'suis dans l'trou.

– Je vais essayer de t'attraper. Tends les bras.

– J'suis trop p'tite.

– Recule, mets-toi contre le mur, je vais sauter.

Heureusement, elle ne m'a pas écrabouillée. Elle se calme très vite et me serre très fort.

– Ça va ? T'as rien de cassé ? T'as mal quelque part ?

– Non, non, j'veux sortir.

– Oui.

Maintenant, nous sommes coincées toutes les deux. Elle essaye de me rassurer. Sa tête dépasse juste un peu du trou. Elle appelle au-secours de toutes ses forces et un monsieur arrive enfin. Justine me tend à bout de bras et s'extirpe du gouffre. Très longtemps nous restons accrochées l'une à l'autre. Louisa, complètement effrayée, s'agrippe à nous. Je ne sais pas comment nous sommes arrivées à la location. Justine effondrée, s'en veut à mort de son manque de vigilance. Elle a besoin de parler à Hugo. Hugo ne décroche pas. Elle appelle maman.

Maman sera là demain.

CINQ ANS

Maman déboule dans ma chambre. Elle a l'air bien énervée.

– Lève-toi, vite !

– Mais il fait encore tout noir dehors. J'ai froid.

Je suis trop bien sous ma couette avec Minnie.

– Non, non, remue-toi et file te débarbouiller.

– Mais QUOIOIOI, qu'est-ce qui se passe ?

Je crie parce que maman est déjà repartie. Je l'entends dans la cuisine. Elle remonte et m'explique :

– Tu vas avoir une longue journée.

– Mais j'ai pas envie.

Raison de plus pour rester dans mon lit.

– Et une longue journée, ça veut dire quoi ? Le soleil va pas se coucher ? Jamais vu ça.

– Non, ça veut dire que la journée va être importante pour toi.

Comprends toujours pas. Si !

– On va à la garderie des chiens ! On va adopter Pixou !

Fallait le dire tout de suite, tu parles que je me lève en quatrième vitesse ! C'est moi qui suis toute excitée maintenant. Maman tire une drôle de tête… Elle se pince les lèvres…

– Non, ce n'est pas ça.

Je sens mes yeux qui piquent.

– PIXOU, je veux PIXOU !!!

Maman essaye de me calmer et me prend dans ses bras. Je n'en veux pas et je la repousse. Maman se laisse tomber par terre. Elle me regarde avec des yeux tout tristes. Voilà, nous pleurons à deux. Tu parles d'une chouette journée. Pour me consoler, elle m'autorise à mettre mes nouvelles baskets roses avec Minnie dessus. Une fois que je suis habillée, elle m'installe sur ses genoux et m'explique :

– Tu vas rencontrer quelqu'un d'ESSENTIEL.

Encore un grand mot.

– Quelqu'un qui compte dans ta vie et que tu n'as plus vu depuis longtemps. Mais tu ne dois pas trop te réjouir. C'est très difficile à expliquer.

Elle n'y arrive pas et moi, je ne comprends toujours rien.

Nous allons prendre le tram. D'habitude, maman conduit sa Mini rouge. Mais aujourd'hui, comme c'est un jour spécial, nous allons un peu marcher. Ça nous fera du bien. Justine doit nous rejoindre là-bas. Ma grande sœur a laissé Hugo tout seul... Ça doit donc être vraiment très important. Ces deux-là, ils ne se décollent jamais. Je ne sais pas si c'était une super idée, mes baskets, j'ai froid aux pieds. Maman doit avoir la tête complètement à l'envers, ce matin. Mon bonnet est bien enfoncé sur ma tête, mes doigts gigotent dans mes moufles et je saute pour me réchauffer en attendant le tram. Les gens, à l'arrêt du tram, regardent maman d'un air méchant. Ils ont tous des grosses bottines et maman a mis ses bottillons avec de la fourrure toute rousse, comme le renard qui se promène dans le parc.

Nous descendons devant une GRANDE maison. Elle est très longue et les habitations autour ont l'air minuscule. Justine est là ! Je cours lui donner un gros bisou. Elle me prend dans ses bras et me serre fort. Elle a les yeux tout rouges. Encore une qui a pleuré ? Mais, ce jour spécial n'est rigolo pour personne. Je veux partir, retourner sous ma couette. Je veux être demain. Je ne veux pas de la journée spéciale. Maman et Justine me tiennent chacune par une main. Elles doivent me tirer parce que je ne veux pas aller dans cette grande maison toute triste. Justine sonne à la porte. Quelqu'un nous demande de nous présenter. Justine parle dans la sonnette. Derrière une petite grille, quelqu'un nous demande ce que nous voulons. Maman montre un papier. Nous venons rendre visite à Monsieur Lusky. Le Monsieur disparait. De toute façon, je suis trop petite, je ne vois pas sa tête. Un autre monsieur arrive et nous ouvre. Nous entrons toutes les trois. La main de Justine tremble et elle me serre trop fort. Elle me fait mal. Je lui dis d'arrêter mais elle n'entend pas. Nous sommes dans un long couloir et nous devons passer une grille. Et encore une autre grille. Le monsieur nous dit d'attendre dans une pièce où il y a des chaises, une table et une toute petite fenêtre. Et encore une grille. Ce n'est même pas une vraie porte. Maman et Justine ne disent plus rien. Elles regardent la grille comme si un monstre allait arriver. Je suis sur les genoux de maman. Elle ne veut plus me lâcher.

– Tout va bien se passer. Tu dis juste bonjour au monsieur et puis tu ne le verras plus jamais.

– Alors je dis bonjour et au-revoir?

Nous attendons, nous attendons, nous attendons et hop, voilà le monsieur qui revient avec un autre monsieur. Je ne sais pas ce qui se passe mais j'ai tout de suite envie de vomir. J'ai mal au ventre. Je me plie en deux. L'autre monsieur s'assied en face de nous. J'essaye de le regarder sans me redresser mais je me tords le cou. Il est tout maigre avec des cheveux jaunes sales. Il a des yeux sans couleur. On dirait qu'ils ont trop pleuré et que toutes les couleurs sont parties. Il a l'air tout triste. Il a le dos tout rond. Son pull gris est trop grand. On dirait un pauvre oiseau. Je regarde Justine. Elle lui envoie des éclairs. Maman est toute droite, collée à la chaise. Elle ne dit rien mais elle l'observe. Elle ne baisse pas la tête. Tout d'un coup, je crois entendre un bruit. Ça vient du monsieur. C'est un bruit tout doux. Puis, il répète plus fort. « Pardon ». Pourquoi il demande pardon ? Il n'a rien fait, il est assis tout rond. On dirait qu'il se ratatine encore un peu. Justine dit « Jamais ». Maman m'a appris qu'il fallait pardonner quand quelqu'un dit « pardon ». Justine a peut-être oublié. Elle n'habite plus à la maison. Il faudra que je lui rappelle mais là, j'ai trop mal au ventre. J'ai envie de sortir d'ici. Maman fini par parler.

– Ce sera la dernière fois que tu verras tes filles. Tu as fait trop de mal. Elles doivent grandir et t'oublier.

Le monsieur pleure. C'est qui ses filles ? Maman continue, elle n'arrive plus à s'arrêter. Tout son cœur se déverse sur le monsieur. Elle s'agite dans une langue que je ne comprends pas. Elle parle fort et de plus en plus vite. Justine ne capte rien non plus. Quand maman parle avec ces mots étranges, c'est qu'elle est vraiment très fâchée. J'ai envie de m'enfuir. Le monsieur ne bouge toujours pas. Il demande à partir. Le monsieur qui a les clés ouvre la grille et ils partent tous les deux. Le monsieur en boule a du mal. Il a ses jambes qui ne le portent plus très bien. L'autre doit l'aider à avancer. Une fois dans la rue, Justine hurle. On dirait un animal blessé. Maman me lâche la main et attrape sa grande fille dans ses bras. Comme elle est beaucoup plus petite, j'ai l'impression que c'est Justine qui la console. Je reste là, je les regarde. Mon ventre va mieux. J'ai faim.

– Qui c'était ce monsieur en boule ?

Maman se décide à lâcher Justine. Elle me regarde et comprend enfin.

– Tu ne sais pas qui c'est?

– Ben non, tu m'as pas dit.

Maman est toute embêtée. Elle nous invite à prendre un grand coca ! Ce sera peut-être une belle journée !

Je pêche une paille rose dans le grand pot. Maman m'autorise à choisir une pâtisserie. Avant le repas ! Bon, c'est décidé, je ne me pose plus de questions. Tout va à l'envers, aujourd'hui. Devant mon éclair au chocolat, maman me raconte une histoire bizarre :

– Le monsieur en boule, c'est ton papa.

– T'as dit quoi ? Mon PAPA ????? Mais, mon papa, c'est pas lui !

J'ai vu une photo de maman et papa quand ils étaient jeunes. Il avait des beaux cheveux blonds, des yeux bleus qui pétillent. Il n'était pas en boule. Il avait une belle chemise bleue, pas trop grande du tout. Ce papa là, ce n'est pas le mien. Je ne veux pas. Le mien, il est beau, il regarde maman gentiment. Maman a un bras autour de sa taille. Ils sont heureux et on voit des champs de coquelicots sur la photo. Justine vient à mon secours :

– C'est vrai, c'est bien papa mais il faut l'oublier.

– Alors pourquoi on l'a vu ?

– C'est important pour tourner la page, dit maman. C'est comme un livre. Tu as fini l'histoire, tu fermes le livre. Quand ce n'est pas une belle histoire, tu n'as pas envie de la relire. Tu essayes d'oublier les images. Elles doivent sortir de ta tête. Avec papa, c'est pareil.

– Mais pourquoi, il a dit pardon et pourquoi Justine a dit non ?

– Il vous a fait du mal. Papa est en prison. Il a fait du mal à une autre petite fille. Le juge nous a donné l'autorisation de le voir pour lui dire au-revoir.

– Quelle petite fille ? C'est quoi un juge ?

J'ai trop de questions dans ma tête. Je ne sais plus par quoi commencer. Je veux manger mon éclair et boire mon coca. Je ne veux plus entendre parler du monsieur en boule qui n'est pas mon papa.

– MON PAPA, IL EST SUR LA PHOTO DANS LES CHAMPS !

Maman soupire. Justine sourit... Et moi, je mords dans mon éclair.

HUIT ANS

– Zouga, tu deviens énorme et tu perds tes poils partout. Regarde, il y en a plein sur la couette. Tu ne peux pas sauter sur le lit, t'es trop lourd ! Beurk, beurk, arrête de me lécher la figure, je suis toute mouillée. T'as une langue comme un éléphant! Mais bouge-toi, descends tout de suite ! Je n'arrive pas à sortir de mon lit et je vais être en retard. Maman a préparé mon uniforme. Tu sais bien, je t'ai expliqué que je ne restais pas avec toi aujourd'hui. Je vais aux lutins.

C'est la maman de Zoé qui a réussi à convaincre maman. Depuis le temps que j'attends ça !

– MAIS BOUGE-TOI ! Oups, maman m'appelle. JE NE SAIS PAS SORTIR DE MON LIT, ZOUGA NE VEUT PAS DESCENDRE ! Voilà, on va se faire gronder, je t'avais bien prévenu. Doucement maman, le tire pas trop fort, il est encore tout petit, c'est un bébé !

Ma jupe grise et mon pull brun sont prêts sur ma chaise. Je les ai regardés toute la nuit, enfin, pas toute la nuit, j'ai un peu dormi. Maman a cousu l'écusson de l'unité sur la manche. Tantôt, elle pourra ajouter celui de la couleur de ma sizaine. J'espère que j'aurai l'orange, c'est trop joli ! Et puis, comme ça, je serai avec Zoé. Mais elle m'a expliqué qu'on ferait un grand jeu pour répartir les enfants dans les groupes. Alors c'est le suspens. Zut, j'ai mis mes collants à l'envers, je suis trop nerveuse. Je vais aussi recevoir mon foulard. Il est orange et bleu ciel. Mais je devrai apprendre à le nouer. C'est une technique bien spéciale. Zoé m'a montré mais je n'ai pas réussi. Le résultat n'était pas top du tout. Maman m'a préparé mon pique-nique dans ma nouvelle gamelle en fer. J'ai aussi une gourde. Pour le camp, mais ça c'est pendant les grandes vacances, j'aurai une bassine, enfin, ce n'est pas vraiment une bassine parce que c'est en toile de jute, mais je pourrai y verser de l'eau et me laver. C'est trop cool. Le seul problème, c'est que je devrai encore convaincre Zouga que je pars pendant DIX jours. Waouh, il ne va pas être content du tout.

On est plutôt inséparables. Il est arrivé à la maison il y a six mois, quand j'avais les oreillons. Pendant que Justine était à mon chevet, maman s'est absentée en déployant des ruses. Elle avait un air de coquine, celui que j'aime bien. Après, elle est partie sur la pointe des pieds. Maman a vu la photo de Zouga à la boulangerie et elle a craqué. Je ne l'aurais jamais cru. Elle qui ne voulait absolument pas de chien, et voilà qu'une toute petite boule de poils l'a séduite. Elle a caché sa bouche avec son doigt, chuuuuut, mais je ne dormais pas, je la regardais en ouvrant les yeux comme les chinois. Je n'ai pas compris tout de suite. Je trouvais qu'elle était un peu ridicule de m'acheter une peluche. J'étais un peu grande. Et puis, elle avait un grand sourire et ses yeux pétillaient. Elle s'est approchée de mon lit et a déposé un petit chiot tout chaud sur l'oreiller, juste à côté de ma figure. Et là, le miracle ! Une grosse lèlèche sur le nez ! Mon ami était arrivé ! Celui que j'espérais ! Je n'y croyais plus. Mon rêve allait enfin se réaliser ! On s'est regardés dans les yeux. Les siens étaient tout bruns, entourés de blanc. On aurait dit deux gros Smarties. Il ne bougeait pas. Il attendait que je fasse un geste vers lui. Mais j'étais toute paralysée. Je ne savais pas comment je devais m'y prendre. Alors, il a recommencé à me lécher et là, j'ai rigolé. Je ne savais plus m'arrêter. Encore un fou-rire, comme seule j'étais capable d'en avoir. Il a commencé à sauter dans tous les sens sur ma couverture. Depuis, c'est une habitude, il aime bien se blottir contre moi dès que je suis couchée. Il a dû apprendre à rester tout seul pendant les heures d'école. Au début, il faisait pipi partout. J'ai eu peur. Je ne voulais pas que maman le rapporte à la boulangère. Mais, c'est vite passé. Je vais au dressage avec lui le dimanche. Il est très attentif et a plein de copains. Tout le monde le trouve craquant. Je lui ai mis une belle médaille bleue et un collier assorti. Il est très chic, alors, il frime. Maintenant, je ne pourrai plus l'accompagner tous les dimanches. Maman prendra le relais. Elle aussi, elle se fait des copines au club et même, un copain… Je ne sais pas qui est le plus pressé quand arrive le jour de la leçon. Je sais qu'avec maman il sera en de bonnes mains, alors, je peux partir, tranquille aux réunions lutins. Bon, voilà, je suis prête. J'avale ma tartine à la marmelade en quatrième vitesse. Mon verre de lait tout froid me donne des frissons. Ma nouvelle musette est bien calée, en bandoulière. Mais non, je vais trop vite. Maman me demande d'enfiler d'abord mon manteau. Ben, oui, c'est malin ! Je dis à Zouga « reste ! » pour qu'il comprenne qu'il n'est pas du voyage. Il s'assied et prend son air de chien battu. Je lui donne un biscuit pour le consoler. Il part dans son panier avec son trophée. Vite consolé...

Maman a du mal à trouver une place pour se garer. Beaucoup de parents accompagnent leurs filles. On dirait une rentrée des classes. J'essaie de repérer Zoé mais je ne la vois pas encore. Maman me prend la main et va me présenter aux cheftaines : Quatre grandes filles qui me sourient et me souhaitent la bienvenue. Tout d'un coup, paf, Zoé me saute sur le dos et me plaque un gros bisou sur la joue. Ses bisous sont aussi mouillés que ceux de Zouga ! Elle m'empoigne et j'ai juste le temps de dire au-revoir à maman.

– Je vais te présenter toutes mes copines.

– Super, c'est trop génial d'être ici ! Coooool !

Elle m'emmène et m'exhibe, comme si j'étais un zèbre au zoo. On fait le tour de toutes ses amies. Elle me dit leur nom. Je ne saurai jamais retenir tout ça d'un coup. Et puis, coup de sifflet. C'est le signal. On doit se rassembler. Les plus anciennes forment un beau rectangle et nous, les trois nouvelles, on ne sait pas trop où se mettre. Les cheftaines ont des noms d'animaux : Chouette, Gazelle, Koala et Faon. Et puis, les sizenières lancent des cris repris en cœur par les autres filles. Waouh, c'est génial. Tout le monde crie. Chouette, la chef des chefs nous présente :

– Les lutins, voici vos nouvelles copines : Yasmine, Nadja et Rose

– Hip hip hip houraaaa ! hip hip hip houraaaa !

– Le jeu va pouvoir commencer. Il s'agira pour chaque sizaine de répondre le plus vite possible à un maximum de questions. Chaque sizenière devra désigner un lutin en fonction du thème de la question. Par exemple, si c'est une question sur la nature, vous réfléchissez entre vous et vous voyez laquelle est la plus douée. Les quatre premières équipes pourront avoir la chance d'accueillir l'une des trois nouvelles.

Pourvu que les co-équipières de Zoé soient fortes!

– Au coup de sifflet, c'est parti. Je lancerai le chrono.

Les cheftaines sont installées de l'autre côté de la prairie. Les premières filles s'élancent à toute vitesse. Il faut être rapide et obtenir plus de temps pour trouver la bonne réponse. C'est la folie. Tout le monde court. Tout le monde hurle. Tout ça pour nous avoir avec elles ! C'est trop super ! Certains groupes se disputent pour envoyer leurs expertes. J'en vois une qui boude et part dans un coin.

– TUUUUUUT, Chouette a sifflé la fin de la partie. Les équipes rouge, bleu, marron et orange ont gagné. Maintenant, c'est à vous trois de trouver des arguments pour qu'elles aient envie de vous choisir.

Qu'est-ce que je pourrais bien dire ? Eueueueueu... Mais oui, je vais parler de Zouga. Je vais les faire rire avec les séances matinales de bisous et ses plongeons dans l'étang pour rattraper sa balle. On tire à la courte paille pour savoir laquelle va se présenter en premier. Zut, je perds... Yasmine est toute timide, elle ne sait pas quoi dire. On dirait qu'elle va pleurer. Alice, la sizenière des bleus la désigne et elle vient lui prendre la main. Nadja est plus rigolote. Elle décide de faire des pirouettes : une série de roues et de poiriers. Trop forte.

Corine des marrons va la chercher. Bon, mon sort va se seller maintenant. Je me lance dans les aventures de Zouga

– J'ai un super chien, Zouga, complètement fou. Pas moyen de le décider à descendre de mon lit. Dès que je suis couchée quelque part, il me saute dessus et me lèche la figure. On dirait un gant de toilette vivant. Il adore l'eau. Quand on va en promenade, il fait exprès de pousser sa balle dans l'étang pour plonger la rechercher. L'autre jour, il a tiré tellement fort sur sa laisse, qu'il m'a fait tomber dans l'eau. J'ai pas su freiner à temps et comme je ne peux pas le lâcher dans le parc, plouf, dans la flotte !

Tout le monde se bidonne !

– Les oranges et les bleus doivent se départager.

Une course relais est organisée. Les filles se glissent dans des vieux sacs de patates et hop, c'est parti. Les cris repartent de plus belles ! Ce sont les bleus qui ont été les plus rapides. Je ne serai pas avec Zoé, mais ce n'est pas grave. On jouera quand même ensemble durant la journée. C'est Laura qui vient à ma rencontre et j'entre officiellement dans la sizaine des bleus ! Le cri du rassemblement est « les bleus, les plus courageux ! ». J'ai bien compris, il faudra hurler cette phrase à chaque rassemblement.

Après toutes ces émotions, les chefs nous laissent un peu de temps libre. Chaque sizaine rejoint son coin dans le local. Le nôtre est tout décoré de fleurs bleues. Ce sont mes nouvelles copines qui ont choisi de les peindre. On se croirait dans un grand pré de bleuets.

– Waouh, c'est super !

C'est trop joli. Il y a sept chaises installées autour d'une toute petite table en bois.

– Cette année, on pourra peindre aussi les meubles.

Laura me donne un chansonnier. Elle me rassure.

– Ce ne sont pas des chants difficiles et puis c'est très chouette de les connaître pour participer aux veillées et aux grands feux pendant le camp.

On se retrouve toutes dans la grande salle pour le dîner. Je retrouve Zoé. Elle est déçue de ne pas m'avoir dans sa sizaine.

– Gaëlle est une godiche, si elle n'était pas tombée, tu serais avec nous. C'est trop con.

– Oui, t'as raison, c'est dommage, ça y était presque.

– C'est de sa faute, elle ne sait pas courir, alors avec un sac. Mais bon, elle est chouette quand même, je l'aime bien.

Elle se console vite en engloutissant son énorme sandwich aux œufs.

L'après-midi, nous partons dans le bois de la Cambre pour un grand jeu de piste. J'en apprends des nouveaux mots en une journée ! Il faut résoudre des énigmes, des rébus et trouver, à la fin l'endroit où se trouve le trésor. Je suis forte pour les énigmes mais pas pour les rébus. J'ai réussi à en trouver deux. C'est déjà pas mal pour une première. Mes amies sont contentes, elles ont bien fait de se battre pour moi ! Mais pas de chance, on arrive les deuxièmes au Châlet Robinson. Les verts ont trouvé la malle avant nous. Comme c'est la première journée de l'année, les cheftaines ont prévu assez de bonbons pour tout le monde. Les verts portent leur trophée jusqu'au local et la distribution commence.

Il est déjà tard mais la journée n'est pas encore finie, d'abord LA veillée. Nous formons toutes un grand cercle, sizaine à côté de sizaine et chefs intercalées par-ci par-là. Et là, je découvre les chants. Une espèce de magie parcourt la ronde. Je n'avais jamais entendu des chansons aussi belles mais elles sont souvent tristes. On chante en canon, une histoire d'esquimaux. Et encore des nouveaux petits jeux ; « un pauvre petit chat », « la vache sans tache », « Pierre Paul ». Chouette remet à Yasmine, Nadja et moi les insignes de nos couleurs. Je suis trop contente et fière d'être dans un groupe si joyeux. J'ai hâte d'être la semaine prochaine.

Je vais en avoir des choses à raconter à Zouga. Maman va me presser de questions. Mais, je suis crevée, j'irai me coucher tôt. Je dirai tout à maman et à Zouga demain.

Mais ce n'est pas maman qui vient me chercher : Je dois rentrer avec Zoé. Je resterai dormir chez elle.

– Ta maman est très malade, elle est à l'hôpital. Justine est près d'elle.

– Moi aussi je veux aller voir maman.

– Elle dort.

– Je me ferai toute petite, je ne la réveillerai pas.

– Les enfants n'ont pas le droit d'aller dans cette partie de la clinique.

Je dois attendre. Justine viendra demain. Pourquoi les enfants ne peuvent-ils pas aller voir leur maman ? C'est complètement débile ! Mais bon, de toute façon, je suis crevée. Maman allait bien ce matin, donc, ça ne doit pas être bien grave. Je la verrai demain.

Justine arrive avec une tête toute chiffonnée. Elle n'a visiblement pas beaucoup dormi. Je voulais lui raconter ma journée chez les lutins mais elle me met gentiment un doigt sur la bouche. Elle me prend la main et nous allons dans la chambre de Zoé. Zut, je n'ai pas encore fait mon lit. Tant pis. Justine me place sur ses genoux et se cale entre les gros coussins. Elle me raconte tout bas.

– Après la promenade de Zouga, maman a pris un grand bain chaud, comme elle aime trainer le dimanche. En voulant sortir de la baignoire, elle a glissé et s'est cogné la tête contre le carrelage. Je l'ai vue tomber. Heureusement, j'étais là. Je voulais lui faire la surprise en lui offrant des croissants. Comme tu étais absente, je souhaitais en profiter pour passer un petit moment avec maman. Maman était dans les pommes. J'ai essayé de la réveiller mais je n'y suis pas parvenue. L'ambulance a emmené maman et ils ont mis la sirène. C'était très urgent. Depuis, maman est dans son lit. Elle ne s'est pas encore réveillée. Il y a une machine qui surveille son cœur pour être sûre que tout va bien. Elle a un gros bleu dans la tête et il faut le surveiller.

Justine est triste et désolée car je suis trop petite pour aller près de maman. Justine va s'installer à la maison, près de moi.

– On restera à nous deux, le temps que maman se rétablisse.

– Ça va prendre longtemps ?

– Tu ne dois pas t'inquiéter.

Je vois bien que ses yeux sont remplis de larmes. Elle se retient pour moi.

– Hugo suit des études d'infirmier et il est en stage dans la clinique. Il essayera d'aller souvent aux nouvelles. Si tu es d'accord, il viendra dormir chez nous.

– Moi, je l'aime bien Hugo, et puis s'il peut nous dire tous les jours comment va maman, c'est encore mieux.

– Pour le moment, tu dois aller à l'école. Je t'ai apporté tes affaires.

– Je suis déjà vachement en retard.

– L'école est prévenue.

– J'ai envie de rester avec toi.

– Maman ne serait pas contente.

Là, elle a raison, maman n'aime pas quand je manque l'école même si je suis malade pour de vrai. Justine joue la fière mais je sais qu'elle aimerait que je passe la journée avec elle. Elle a promis à maman de s'occuper de moi, alors, elle prend son rôle très au sérieux. Bon, je m'habille, et Justine m'accompagne jusqu'à la grille. Elle hésite, puis elle décide d'aller parler à la directrice. Allez, oups, en, classe ! Elle monte l'escalier et je tourne à droite.

Une semaine plus tard, c'est encore la maman de Zoé qui vient me chercher. J'irai goûter chez elle car Justine est à la fac. J'englouti deux tartines de Nutella. J'en profite un peu, le Nutella est interdit à la maison... Je m'installe pour commencer mes devoirs quand Justine arrive. Elle me soulève et me sert très fort. Cette fois, je vois bien qu'elle pleure. Mais elle rit en même temps.

– C'est quoi encore ce binz ?

– Hugo est allé voir le docteur. Maman est presque guérie !

Je lui donne plein de bisous sur ses joues toutes rouges et toutes mouillées. On rit ensemble et Justine se met à danser en me portant toujours. Je suis un peu grande pour être dans ses bras, mais on s'en fout !

– La vie est belle, maman va revenir !

– Ben, j'espère bien. Pourquoi elle ne reviendrait pas !

– T'as raison, mais elle va revenir viiiiiite !

-Ouaiiiiiiiiiis !

Alors, je pleure, je ris, je pleure, je ris, ça n'en finit pas. Une vraie fontaine. Je ne savais pas que je pouvais garder autant de larmes derrière mes paupières. J'ai l'impression que je vais m'envoler. Ma joie est immmmense. Tout va bien maintenant.

Maman sera là bientôt !

DIX ANS

Je n'aime plus l'école. Mon institutrice est méchante. Sœur Choucroute, c'est son surnom. Tu parles d'une religieuse. Elle a un grand chignon noir avec un gros foulard de toutes les couleurs pour le tenir en place. Il doit peser une tonne sur sa sale tête. Elle porte des lunettes foncées qui lui donnent un air encore plus sévère. Elle a un point de beauté, ou de laideur, énorme près de la bouche. Elle est grande et forte. On dirait un homme déguisé en sœur ratée. Elle s'habille toujours avec des jupes toutes droites, des bas nylons foncés et des chaussures de marche noires avec des lacets. Tout est moche, elle respire le moche de moche. Depuis quelques temps, j'ai mal aux yeux et je ne vois plus bien au tableau. Elle me place au premier rang et passe son temps à me crier dessus parce que je ne recopie pas assez vite, ou bien, j'écris avec trop de fautes. Elle n'est jamais contente. Elle hurle comme une vieille sorcière. On dirait qu'elle va s'étrangler, mais dommage, elle respire encore et prend une voix de crécelle. Elle ne comprend rien, je suis sa cible préférée. Elle voit pourtant bien qu'elle me fait de la peine mais elle s'en tape. Je suis trop faible, je devrais me défendre mais je n'ose pas. J'essaye de me faire toute petite sur ma chaise mais je suis dans son angle de vision à longueur de journée. C'est une sale bique.

A la visite médicale, ils ont remarqué que j'étais myope. Je vais donc chez l'oculiste avec maman.

– Installe-toi sur le tabouret et dépose ton menton sur le support en plastique.

Je cale ma tête tout contre l'instrument pour que le docteur voie bien mes yeux.

– Bien. Maintenant tu dois lire les lettres sur le grand panneau qui se trouve tout au bout de la pièce. Tu ne peux pas dépasser la ligne au sol. Je te mets un cache sur un œil.

Ça va encore, je peux déchiffrer toutes les grosses lettres et encore des lignes après.

– Avec l'autre œil maintenant.

c'est la cata. Je lis seulement trois lignes.

– Je te donne une feuille en plastique avec toutes des phrases écrites de plus en plus petit.

Il allume une impressionnante lampe au-dessus de la page.

– Très bien, tu te débrouilles comme un chef.

Il est content et moi aussi. Alors je m'installe dans un fauteuil.

– Je vais te mettre des lunettes étranges sur le nez et je vais changer les verres. Tu me diras avec lequel tu vois le mieux les lettres sur le panneau.

– Ok.

Ensuite, je dois trouver des chiffres dessinés en petits points mélangés à d'autres points de couleurs différentes. Trop facile ! Il éteint les lumières et je me retrouve devant une coupole éclairée.

– Je te cache de nouveau un œil et tu dois appuyer sur un bouton dès que tu vois la petite lumière circuler. Mais attention, tu ne peux pas la chercher. Tu dois regarder devant toi et ne pas bouger les yeux !

– C'est rigolo cet exercice.

Je la trouve tout de suite et je pousse très vite sur le boîtier.

Moins drôle, l'oculiste veut me mettre des gouttes dans les yeux. Oups, j'ai reculé. Pas fait exprès mais le produit a coulé sur ma joue. Raté, il faut recommencer. Le deuxième essai est le bon. Je patiente avec maman dans la salle d'attente où plusieurs enfants jouent avec des cubes ou des jouets bruyants. Mes yeux piquent, ce n'est pas agréable. Maman me rapporte un Mars du distributeur. Youppie, j'adoooore ! Une infirmière vient voir si tout est ok. Je peux la suivre dans le cabinet. Hop, je retourne sur le grand fauteuil et le docteur scrute mes yeux avec une lumière. Il met sa tête tellement près de la mienne qu'on dirait qu'il va me donner un coup de boule.

– Bon, ça y est, tous les examens sont finis ! Tu vas devoir porter des lunettes. Tu verras mieux de loin et ça t'aidera en classe.

– Trop cool maman !

Il prépare l'ordonnance et la tend à maman. Je reviendrai tous les six mois mais je ne repasserai pas tous les tests. Tout le monde est soulagé car les résultats ne sont pas mauvais. Et puis, des lunettes, ça peut donner un chouette look ! Mouais, faudra encore voir quelles lunettes je pourrai choisir.

– J'aimerais bien en acheter des roses...

Le lendemain, est un samedi. Maman m'emmènera dans la galerie commerçante tout près de la maison.

– Je demanderai à Justine de venir aussi. Elle est toujours bien habillée et je suis sûre qu'elle m'aidera à bien choisir !

Maman est embêtée.

– Je n'avais pas prévu cette dépense. Il faudra être raisonnable.

Arrivées à la maison, je me précipite sur le téléphone pour appeler Juju.

– Je dois avoir des lunettes !

– Super !

– Ouais, tu viens avec nous demain ?

– Oups, il faudra que je m'arrange, mais ça devrait aller.

– Je compte sur toi pour convaincre maman si elle n'est pas d'accord avec ce que je veux.

– On verra. Si c'est chouette, d'accord.

Elle me propose de donner un peu de sous au cas où.

– C'est trop chouououette !

– Mais mollo quand même, je ne suis pas Crésus.

– Non, ok, mais c'est super gentil.

Je vais me coucher excitée comme une puce. Zoé aussi porte des lunettes. Les siennes sont vertes fluo. On ne peut pas les rater. Dans la famille, je serai la première ! Je m'en fiche, j'aime bien.

Ma nuit est agitée. On dirait la veille de Noël, à l'approche des cadeaux à découvrir sous le sapin. Mais ici, pas de liste au Père Noël, je vais pouvoir choisir ! Après un court dodo, je me précipite dans la salle de bains et dégringole les escaliers quatre à quatre. J'entends maman revenant de sa promenade avec Zouga. J'engloutis mon bol de céréales à la vitesse grand V.

– Du calme. Justine ne sera pas ici avant trois quarts d'heure et les magasins ne sont pas encore ouverts.

– Mince, je n'y avais pas pensé.

Bon, je ralenti la cadence. Maman souhaite que je me change.

– Tu es habillée comme un sac.

– Oh, Oh, t'as raison. Justine va me prendre pour une dégénérée.

Elle n'aurait pas tort. J'ai pris n'importe quoi dans la garde-robe et l'assemblage laisse à désirer. En jetant un coup d'œil sur ma tenue, je constate que j'ai enfilé une jupe verte à fleurs avec un tee-shirt mauve ligné. Le comble, ce sont les chaussures. Des baskets montantes roses, mes préférées.

Mais là, la honte ! Finalement, je garde les baskets mais j'attrape un jeans et un top rose. Je prends aussi le temps de me coiffer correctement. Tant qu'à changer de look, je demanderais bien à maman une petite coupe chez son coiffeur... On verra, d'abord LES lunettes ! Et pourquoi pas un piercing aux oreilles. Depuis le temps que j'en rêve. Maman va avaler de travers ! Bon, de toute façon, c'est bientôt mon anniversaire. A dix ans, je peux avoir les oreilles percées, non ? J'ai repéré des boucles roses en forme de rose, tiens donc, comme c'est original. J'en suis trop fan. Je scie maman chaque fois que nous passons devant la vitrine. J'ai trop peur qu'elles disparaissent.

Quand nous arrivons, enfin, chez l'opticien, trois personnes sont déjà avant nous. Maman me fait signe de me calmer et d'en profiter pour regarder les rayonnages. Je n'avais jamais remarqué toutes les possibilités différentes. Les couleurs, ok, la forme, toujours ok. Mais en plus, la matière : métal, plastic (pour les petits enfants), du titane, avec les montures souples ou dures. Certaines lunettes ont un kit de plusieurs branches de couleurs, c'est cool mais très cher. D'autres, n'ont pas de monture en-dessous du verre ou au-dessus... Je ne sais pas trop par quel bout commencer. Une dame repère notre embarras et nous conseille d'abord de viser la forme. Après différents essais, Justine et maman sont d'accord :

– Des ovales, pas trop larges. Elles épouseront bien la forme de ton visage.

La panoplie a chuté de cinquante pour cent, au moins. J'en repère des bleu nuit. Non, trop sévère pour mon âge. Ils ont les mêmes en bleu ciel !

– Waouh, quel effet avec mes yeux, un dégradé de bleu génial !

C'est le coup de foudre. On est toutes les trois sur la même longueur d'ondes, ce qui n'arrive pas souvent en matière de mode. Elles ne seront prêtes que dans dix jours. Crotte, je les voulais aujourd'hui ! Oui, mais… comme ça, la vendeuse peut nous faire un prix car elles seront soldées. Justine ne devra pas dépenser un centime. Alors, j'en profite, oui, je sais, c'est un peu gros, mais je n'hésite pas très longtemps.

– Dis, comme tu voulais participer aux lunettes mais que finalement ce n'est pas trop cher, tu ne veux pas m'offrir autre chose ?

Elle me voyait venir avec mes gros sabots.

– Et qu'est-ce qui plairait à Mademoiselle la Duchesse ?

Maman me fait des gros yeux. Elle n'apprécie pas du tout mon attitude. Alors, Justine décide de m'accorder une avance sur mon anniversaire. Maman accepte plus volontiers mais c'est tout juste. Elle est encore plus horrifiée quand j'évoque le coiffeur.

– Quoi, tes beaux cheveux ? Tu n'y penses pas sérieusement, tu vas le regretter !

Justine n'est pas chaude non plus.

– Les lunettes ont été choisies aussi en fonction de ta coiffure. Pas sûre qu'elles t'iront aussi bien.

Je n'ose pas parler du piercing. Trop peur de la réaction. Nous décidons donc de continuer notre petit tour et d'aviser en route. Je verrai peut-être quelque chose de chouette. Je m'arrête automatiquement devant la bijouterie. Je regarde maman en coin. Elle me jauge... Justine comprend l'allusion. Elle entraîne maman par le bras et elles vont discuter en aparté. Le temps me semble bien long. Elles ne se disputent pas. On dirait que maman en rajoute une couche pour augmenter le suspens. Les voilà qui reviennent. J'avais vu juste. Maman prend son air sévère mais ses yeux rigolent. Elle ne sait pas jouer la comédie. Je lui saute au cou avant qu'elle n'ouvre la bouche. Nous franchissons le seuil de cette boutique tant convoitée. Là, de nouveau. La vendeuse me signale que je dois choisir des perceuses. Je devrai les porter pendant six semaines. Ensuite, seulement, je pourrai enfiler des boucles répondant mieux à mes envies. Quelle déception. Je n'en reviens pas. J'étais si contente en entrant, et là, vlan, tout est par terre. Purée, en plus elle me fait sacrément mal en me trouant les lobes des oreilles. J'ai la tête qui tourne. Finalement, je me retrouve avec des petites boules roses. C'est déjà ça. Pour Justine, j'ai franchi un grand pas vers le monde des femmes ! Rien que ça. Elle ne connaît pas les nuances mais je suis tout de même bien fière.

Mes dix ans approchent à grand pas. Plus que deux semaines et je demanderai les boucles de mes rêves.

TREIZE ANS

Maman est pâlotte depuis quelques jours. Ça lui donne un teint jaune. Pas très jolie. Elle est nerveuse et se ronge les ongles, parfois jusqu'au sang. Je ne comprends pas ce qui lui arrive. D'habitude, elle est plutôt joyeuse…

Oups, tu parles d'un événement ! Justine et moi allons changer de nom. Fini de trimbaler partout le nom du Monstre. Maman a entrepris toutes les démarches pour que nous nous appelions… tatata, roulement de tambours… Di Marco ! Oulà ! D'un coup, nous virons de l'est au sud ! Rose Di Marco, ça sonne bien, mais c'est plutôt bizarre avec mes cheveux roux cendrés... Et puis à treize ans, c'est plutôt étrange de changer de nom. Mes copines ne vont rien comprendre. Jusqu'à présent, nous étions protégées. Nous avions toujours dit que le Monstre n'était pas de notre famille. C'était un secret bien gardé. Mais maintenant, comment je vais m'en sortir. Je n'ai pas du tout envie de parler du M… De toute façon, je ne m'en souviens pas. La dernière fois que je l'ai vu, j'avais cinq ans. Pourquoi maman a-t-elle voulu que tout remonte à la surface, aux yeux de tous ceux qui l'avaient oublié ? Il était devenu quelques photos jaunies au fond d'un tiroir. Maman m'a toujours dit qu'elle m'expliquerait quand je serais plus grande. C'est quand « plus grande » ? Maintenant que nous sommes devant le fait accompli, il faudra qu'elle me raconte. Là, elle est embêtée car elle ne sait pas encore comment elle va réussir à reporter les explications. Je sais où se trouve LA boîte que maman garde précieusement dans un tiroir verrouillé. Par contre, la clé... J'ai un jour aperçu maman rangeant LA boîte. Elle venait d'y glisser un papier. Elle n'était pas contente que je la surprenne. Elle m'a ordonné de quitter sa chambre. Je n'avais pas le droit d'y entrer sans frapper. Oulà, maman n'est pas du genre à instaurer des règles à la légère. Celle-là, elle venait de voir le jour. C'était donc du sérieux. Alors, bien sûr, j'en ai parlé à Justine. C'est elle qui m'a révélé le secret que contenait le carton. Justine n'avait pas besoin des explications, elle avait vécu les épisodes de la déchéance du Monstre en direct. Tous ses actes, son jugement, avaient fait la une de la presse sordide. Fallait qu'il paye. Et il payait. En prison depuis tant d'années. Je me doute bien que ses saloperies ne devaient pas être des pacotilles (c'est un nouveau mot que j'ai appris en lisant un roman, alors, je le place. Je le trouve joli). Moi, j'ai toujours ces traces sur la plante des pieds. Ces vieilles brûlures de cigarettes... Mais, je ne me souviens de rien... Maman me dit que c'est normal, c'est le processus habituel. La psychologue a dit à maman que je « refoulais ». Une histoire de traumatisme que je veux oublier, je crois... Maman, elle n'est pas psy, alors elle ne sait pas quels mots utiliser pour me rassurer et m'éviter un nouveau « trauma » (on peut utiliser ce mot aussi). Justine sera là pour aider maman, le jour où elle sera prête à ouvrir LA boîte. Bon, mais moi, je suis prête, plus que prête. J'attends...

Nous allons au photomaton, réaliser des portraits pour ma nouvelle carte d'identité. Les choses se précisent.

– Je vais m'appeler officiellement Rose Di Marco.

– Oui, ma chérie et j'en suis très fière.

Nous arrivons à l'hôtel de ville et prenons un ticket pour attendre notre tour.

– Purée, il y a un monde fou dans la salle, ça risque de prendre des plombes.

– C'est un instant qu'il faut savourer.

– Ouais mais quand même.

Beaucoup de mamans sont là, avec leurs enfants.

– Je me demande s'ils changent tous de noms... Je serais rassurée, au moins, je ne serais pas la seule dans le cas.

Maman me fait déchanter très vite.

– Pour nous, c'est une mesure exceptionnelle.

C'est vrai, elle me l'avait déjà dit.

– Bon, ça suffit, j'en ai marre d'attendre. Il fait trop chaud.

Les enfants s'agitent et certains se mettent à pleurer. Après trois quarts d'heure, c'est enfin à nous ! Une petite madame toute ronde, avec des joues comme celles d'un hamster, nous reçoit derrière un guichet. Maman lui remet une enveloppe brune avec mes photos. D'où elle la sort ? Je n'ai pas vu qu'elle la glissait dans son sac. C'est une enveloppe cachetée. La madame toute ronde écarquille les yeux et paraît étonnée.

– Je suis désolée, Madame, mais vous auriez dû montrer l'enveloppe à l'accueil.

– On m'a juste dit de venir à l'état civil.

Nous devons à nouveau attendre car c'est une autre personne, plus importante qui doit traiter mon cas ! Je suis donc un cas, après être une exception. Je prends du grade mais ça ne me rassure pas du tout. Maman est énervée. Personne ne lui a dit quelle procédure suivre ici ! La madame toute ronde appelle son chef au téléphone. Là, c'est une éééénorme madame, gigantesque, qui s'amène. Heureusement, elle peut nous prendre tout de suite. Elle nous fait entrer dans un tout petit local sombre. J'ai l'impression qu'elle touche presque le plafond ! Son bureau est surélevé pour qu'elle parvienne à passer ses jambes en-dessous. Du coup, nous avons l'air de nains en face d'elle. La dame nous déroule tout un charabia.

– Normalement, je ne m'occupe que des cartes d'identité pour les immigrés. Ce n'est pas tous les jours que j'ai à faire à ce type de demande, plutôt inédite, vous l'avouerez.

Donc, je résume : je suis un cas, une exception, une situation inédite. Ça fait beaucoup pour une fille de treize ans !

– Si ce n'est pas indiscret, pourquoi une telle démarche ?

Maman devient verte.

– Si, c'est assez indiscret.

Bon, et si on en finissait ? Je commence à me trémousser sur ma chaise. Je dois faire pipi, j'ai de plus en plus chaud et j'en ai maaaaare d'être traitée de tous les noms ! Je m'appelle ROSE ! Ça avance : maintenant, elle regarde les photos et les compare à mon visage.

– Vous avez une belle jeune fille.

– …

Ben, oui, c'est moi, je viens de me faire tirer le portrait ! Pas grande différence entre moi de onze heure trente-sept et moi de dix heure quart ! A moins, qu'avec tous mes nouveaux noms, j'aie changé de tête. Mes cheveux sont devenus noirs, mes yeux verts et ma peau mate. Je vous jure, je vais finir par hurler si elle n'arrête pas de me dévisager avec un air ahuri. Elle veut connaître le fin mot de l'histoire, ce n'est pas tous les jours qu'une exception débarque dans son bureau. Maman essaye de rester polie en lui faisant comprendre que ce ne sont pas ses affaires.

– Vous avez juste à apposer un tampon. C'est pour ça que vous êtes payée.

– Oh, mais faut pas vous énerver, ma petite dame, moi, pour ce que j'en dis.

Ben, justement, ne dites rien et donnez-moi la carte de ma fille !

Je lis tout ça dans ses yeux mais elle se maitrise. Pourtant, elle a le sang chaud, celui du sud, celui qui bout et quand ça explose, vaut mieux se barrer en courant. A la place de la girafe, j'accélérerais le processus, sinon, gare aux arrières !

Il commence à faire intenable ici. Je pense que la dame a compris. Elle essaye de sourire à maman. Mais, elle n'est pas dupe, elle reste sur ses gardes. Tu le mets ce tampon, ou je t'en colle une ? Heureusement que Juju n'est pas là. Elle aurait déjà pris une dérouillée, avec des mots bien sentis, mais quelle ratatouille elle se serait prise. Dommage, ça aurait mis de l'ambiance ! Maintenant que nous allons porter le nom de maman, faudra lui faire honneur, être à la hauteur du bouillonnement ! Et miracle, la grande bringue attrape ses ciseaux ! Attention, elle va découper ma photo ! Suspens, va-t-elle y arriver du premier coup sans déraper sous le regard assassin de ma mère ? Elle a peut-être peur que finalement, la mafia ne débarque dans son minuscule bureau et mette tout à sac. Avec un nom pareil, maman doit avoir des gros bras autour d'elle qui ne demandent qu'à en découdre. Si elle savait que maman n'a qu'un cousin, mais il est vrai qu'il a un petit air mafieux ... Yes, la photo est en place, la carte d'identité est presque prête ! Je vais devoir la signer ! Ah, enfin le grand moment tant attendu ! Je me suis exercée pendant des heures pour avoir une super signature digne de mon nouveau nom ! Je prends solennellement le feutre. Pff, un bête feutre du Carrefour. J'aurais voulu un stylo Mont Blanc en or pour pouvoir prendre des grands airs de star et signer un autographe : Rosedimarco. Tout coller. J'ai bien essayé en abrégé mais c'était trop moche, du style : Rodima, Rodico... non, j'ai un beau nom, je le garde en entier. Un nom qui fait résonner le soleil, un nom qui donne chaud au cœur, qui donne envie de plonger dans la mer, d'escalader des montagnes, de manger de la glace et des tomates. Un nom qui s'accorde avec l'été ! Je saisis donc ce bête feutre avec toute mon énergie et me penche délicatement au-dessus de l'emplacement, un petit rectangle tout blanc, anonyme qui va entrer dans l'histoire ! La grande histoire de notre famille ! Mon geste est précis, ma main ne tremble pas. Je suis fière de ma signature. Maman m'observe. Elle me scrute. Je la sens dans mon dos. Toutes ses émotions me pénètrent d'un coup. Non, je vais arriver au bout sans rater, sans gâcher ce grand moment. Voilà, je regarde le rectangle. Il est rempli. Ma nouvelle vie va commencer. Maman me le confirme « C'est le premier jour du reste de ta vie », me chuchote-t-elle. Elle ne veut pas que la girafe partage ce moment solennel. Nous l'oublions toutes les deux, nous nous regardons, nous nous sourions, nous nous retrouvons dans notre bulle. Celle qui n'appartient qu'à nous deux. Je me précipite dans ses bras et nous nous enlaçons. Un gros câlin comme nous nous n'en étions plus échangé depuis longtemps. Tout ça, c'est trop pour notre sang chaud, nous fondons en larmes toutes les deux et là, la grande bringue est bien embêtée. Elle ne sait pas quoi dire. Elle nous regarde la bouche ouverte, les yeux exorbités. Mais elle n'arrivera pas à troubler notre bonheur.

Là, je me rends compte de la signification de mon geste. Je suis Rose Di Marco, fille d'Anna Di Marco, sœur de Justine Di Marco. Le Monstre n'existe plus. J'y crois dur comme fer en ce moment, même si je sais que le temps viendra où tout sera mis sur la table, où je devrai affronter les questions et les regards. Mais là, cette réalité n'a pas lieu d'être. Je lui tourne le dos et savoure les 7 lettres de mon nouveau nom.

Celui de ma mère.

QUINZE ANS

Purée, je n'ai plus l'âge de porter du rose ! Depuis des mois, je scies ma mère pour qu'elle comprenne que je n'ai plus huit ans. Je ne sais pas si elle se rend compte, mais j'ai grandi. J'ai des beaux petits seins hauts perchés, une peau de pêche, enfin fini les boutons à percer et les points noirs à chasser ! Juju, ce n'est pas mieux. Elle veut que je sois en rose ! Elles ont toutes les deux pété un câble ! Je vais avoir l'air d'un marshmallow tout mal fagoté, juste bonne à enfiler sur une brochette et à flanquer dans le barbecue. J'ai réussi à éviter le ridicule qui tue ! Le ruban dans les cheveux. Non, mais elles ne sont pas bien. On croirait assister à une série télé de très mauvais goût. Je sens que je vais hurler de fureur et de dépit. Si ça continue, je vais m'enfermer dans ma chambre le jour de la cérémonie et elles ne l'auront pas volé ! Ben oui, c'est le mariage de Justine qui s'annonce. Depuis le temps qu'elle nous rabâche les oreilles avec SA journée, fallait bien qu'elle arrive. Très honorée d'être son témoin mais de là à être demoiselle d'honneur… Elle n'est pourtant pas du genre à regarder des séries américaines à la noix mais faut croire que la contagion est tout de même passée par les ondes. Le résultat est catastrophique. Ma mère, pas de souci, elle va être l'élégance même, dans un tailleur en lin aubergine. Waouh, quand je l'ai vue chez la couturière, je suis restée bouche bée pendant un temps fou. Elle était inquiète car, vu ma tête, ou c'était nase, ou au top. Pour le coup, dix sur dix. En plus, elle a perdu quelques kilos. Depuis la mort de Zouga, elle n'allait plus courir et donc, paf, six kilos dans les fesses ! Maintenant, elle est très fière de sa nouvelle silhouette. Et moi, zéro sur dix dans ma robe de sucette ! Je vais EXPLOSER, tout déchirer et aller en jeans. Je suis désespérée... En plus, cette robe à la mord-moi-le-nœud coûte un pont. J'comprends pas. Mais qu'est-ce que j'ai fait pour mériter une telle honte. Jérémy sera là. Il va me prendre pour une débile. Je n'ai plus qu'à me casser une jambe. Immobilisée pendant un mois, le temps que tout soit passé. Il faut que j'en parle d'urgence à ma marraine. C'est la seule qui puisse encore intervenir en ma faveur. Je sais qu'elle me comprendra. Mais comment trouver l'argent pour une nouvelle robe ???? Le décompte a commencé. Il reste deux semaines... Je n'y arriverai jamais ! Bon, je saute dans mes rollers et je fonce de l'autre côté du parc du Cinquantenaire. Pas évident les pavés mais je m'en tape. Je fonce comme une dératée. Je sais qu'elle est chez elle le samedi après-midi. Elle a quelques heures de repos avant de repartir à l'hosto. J'arrive en feu au pied de son immeuble. Je sonne en laissant le doigt appuyé sur le bouton jusqu'à ce qu'elle me réponde. Si elle est à l'arrière de son appart, elle n'entend pas la sonnerie, alors, vaut mieux être prévoyante. Je n'ai pas le temps d'attendre. Si elle est ok, on peut encore aller dévaliser les magas aujourd'hui. Elle devait être dans sa cuisine car je n'ai pas dû patienter bien longtemps avant qu'elle m'ouvre la porte. J'enlève mes patins dans l'ascenseur. Surtout ne pas la contrarier d'emblée en rayant son parquet.

– Ben ça alors, en voilà une bonne surprise ! Tu viens rendre visite à ta vieille marraine ?

Elle est bien étonnée de me voir toute échevelée et en nage, débarquant à l'improviste.

– Ouais, si tu veux…

– Cache ta joie, ça fait plaisir.

Elle se doute que ça doit être sérieux. D'habitude, je lui passe un coup de fil avant d'aller la voir. Pas moyen de parler, j'ai la gorge en feu.

– Vite un verre d'eau !

– Suis-moi dans la cuisine et laisse tes patins dans le hall.

Je dois éteindre l'incendie avant l'explosion ! Je m'effondre dans un gros pouf. Elle me regarde en se marrant ! C'est tout elle, j'ai un problème, et elle, elle se marre !

– Pas question que j'aille en rose au mariage !

– Ah, c'est donc ça. Je reconnais que tu vas avoir l'air d'une tarte, ou d'une meringue, c'est selon.

– Merci, c'est charmant comme comparaison.

– Ecoute, je veux bien t'acheter une autre robe mais je ne vois pas comment on va pouvoir convaincre ta sœur et ta mère. En plus, Justine souhaitait du rose.

– Quoi, je dois être assortie aux serviettes de table ?

– Oh, oh ! Je constate que tu es remontée à bloc.

Maman est sa meilleure amie.

– Ça risque de ne pas être simple. Je te propose que nous passions d'abord un coup de fil à Justine. Si nous arrivons à la convaincre, le problème sera écarté. Ta mère s'alignera sur sa décision. Le pépin n'existera plus, toutes les pendules seront remises à zéro et on lancera le compte à rebours. Mission : robe du tonnerre qui déchire.

– Ça marche !

Merde, elle tombe sur le répondeur de leur appart. Aux grands maux, les grands remèdes : Hugo. Comme elle ne l'appelle jamais sur son bip professionnel, il va sûrement décrocher tout de suite. Enfin, s'il est libre... Yes, il est au bout de fil. Il lui passe Justine qui est assise bien sagement à côté de lui. Ils avaient juste envie d'être un peu tranquilles : au milieu de tous les préparatifs, plus beaucoup le temps de se voir. Ma marraine est psychiatre, elle sait trouver les bons arguments pour convaincre. Le souci, c'est que Justine a vraiment l'air d'y tenir à cette satanée couleur.

– Et si nous restions dans la gamme des roses mais que nous options pour un dégradé qui irait avec la mise d'Anna ?

– Bon, et vous pensez à quoi ? Question à cinq francs : quelle « rose » irait avec du parme ? L'avantage du rose clair, est son côté passe-partout.

– Bof, elle devient miro !

Ma marraine me fait signe de rester calme. Justine m'entend râler et ça la rend nerveuse.

– Je ne veux pas que ma sœur se sente mal à l'aise mais je ne vois pas de solution...

Finalement, l'intelligence prend le dessus et elles me demandent toutes les deux ce dont, moi, j'ai envie. Nous y voilà.

– Comment dire... Un joli vert, style émeraude.

J'énonce cette possibilité tellement bas que je dois répéter ma suggestion. Il faut que j'aie l'air assurée, sinon, ça ne passera jamais.

– Ça va donner un effet carnaval avec tous ces tons différents.

Elle semble d'accord pour envisager un changement, mais je dois rester dans des tons clairs. Je promets, ma marraine promet, tout le monde est rassuré. Maintenant il faut trouver... Et prévenir maman ! Justine propose de s'en charger. Et une épine hors du pied ! Elle nous rappelle dans cinq minutes.

– Il faut que je boive encore un verre d'eau. Je suis encore en feu. J'ai l'impression de me consumer à vue d'œil.

Ça y est, j'ai trouvé. En parlant de feu, de cendres et de tout ce qui s'en suit ! Un joli gris.

Ça se dit perle de gris ? Mais non, gris perle ! Oui, c'est ça, je veux une robe grise tellement claire qu'elle s'assortira parfaitement avec tout ce que le monde entier veut !

J'ai une illumination de génie ! Avec mes longs cheveux blonds cendrés, je vais faire un malheur. Allez, sonne Juju !

Je ne vous dis pas l'effet ! J'ai un joli décolleté surmonté d'un pendentif en argent que m'a offert Jérémy. Je ne m'y attendais pas du tout. Quel cadeau ! C'est une petite rose avec la moitié des pétales ouverts. J'ai une chance folle d'avoir un amoureux comme lui. Il a une allure incroyable dans son queue de pie gris anthracite. Nous sommes le couple le mieux assorti. Il voulait aller chez le coiffeur mais je lui ai interdit de couper ses boucles. J'aime trop quand il passe la main dans ses cheveux et qu'il me lance un regard canaillou de ses yeux noisette. Comme nous faisons partie de la suite, nous avons droit à une belle voiture décapotable pour nous emmener à l'hôtel de ville et à l'église. Après les salamalecs du bourgmestre, nous nous rendons en procession à la cérémonie religieuse. J'ai un peu le trac. J'ai un texte à lire et je n'aime pas du tout m'exprimer en public. Mais, je dois assumer mon rôle de témoin. Je n'arrive pas à me concentrer sur les chants, même si la chorale est extra, ni sur le sermon. Je sais que je parlerai juste avant les échanges des consentements. Je commence à me trémousser sur ma chaise. Une toilette, pipi, pipi ! Jérémy rigole en coin. Il n'ose pas me regarder pour ne pas éclater de rire. Il dépose sa main discrètement sur ma cuisse pour arrêter les tremblements de ma jambe. Soudain, il me pince ! Aïe, il est malade ? J'ai failli hurler. Oh, merde, tout le monde se tait. Grand silence. Jérémy me fait signe d'aller au pupitre. Csssst. D'accord, d'accord, mais je ne vais pas arriver jusque-là, je vais m'étaler. Ah, j'ai voulu faire de mon nez et enfiler des escarpins à talon. Voilà, j'aurais dû me contenter de ballerines. Je ne peux décemment pas prolonger mon immobilité plus longtemps. Un, deux, trois. Ça y est, je suis debout. Je ne regarde personne, je vise le pupitre qui est... sur une estrade... Je dois monter deux marches. Ça va aller. Je respire profondément, je m'approche du micro. Je me lance ! Ah, il faut croire que je suis arrivée au bout sans encombre car un alléluia raisonne dans l'assemblée. Non pas de soulagement, mais un chant splendide qui monte aux cieux ! Justine et Hugo échangent leurs vœux. Waouh, c'est vachement beau ! Quel bel engagement ! Jérémy me sert la main. Et cette fois-ci il me regarde droit dans les yeux. Un regard intense et profond qui me fait chavirer. J'ai mon cœur qui s'emballe. Je lui souris et je souhaite que son amour, que mon amour, que notre amour, bref, que l'amour avec un grand A que nous ressentons l'un pour l'autre nous emmène loin, très loin.

L'après-midi est merveilleuse. J'ai l'impression que c'est notre mariage qui vient d'être célébré. Je ne lâche pas la main de mon amoureux. Nous virevoltons d'invités en invités. Je connais presque tout le monde. Pas une ombre au tableau. Justine a tout organisé comme une pro. Hugo semble plus éperdu que jamais. J'aimerais que cette journée ne s'arrête jamais... ou alors, si, mais pour notre nuit de noce. Là, évidemment, Justine a plus de chance. Elle pourra se rouler dans les draps jusqu'aux petites heures s'ils en ont envie. Boire du champagne dans leur lit, prendre un grand bain moussant dans leur suite à l'hôtel. Se faire servir le petit déj dans la chambre. Et encore faire l'amour dans les draps tout froissés... J'en rêve... Jérémy et moi, on n'est pas prêts mais quelque chose me dit qu'aujourd'hui, nous avons franchi un grand pas (comme dirait la mariée !) sur le chemin de l'amour. Je suis pressée de le découvrir.

Impatiente de ce moment qui présage d'autres promesses.

DIX-HUIT ANS

C'est donc ma majorité que maman attendait pour ouvrir LA boîte. Devant la proposition, j'hésite. Je ne sais pas si j'ai envie de remuer la boue et de patauger dedans pendant des années. Je suis certaine de ne pas sortir intacte de cette confrontation. Tant que mon père restait un point sombre dans le fond de ma conscience, je pouvais le trimballer comme je le voulais. Une fois qu'il prendrait forme, que son visage m'apparaîtrait sous ses vrais traits, qu'en ferais-je ? Moi qui me croyais prête voici quelques années, je me sens complètement perdue aujourd'hui. J'ai dû affronter le regard de mes copines pendant plusieurs semaines lors de mon changement de nom. C'était à prévoir. Je m'en suis sortie par une pirouette ou deux. A treize ans, les filles changent vite de centre d'intérêt. Maman et moi avions mis en place un scénario bien huilé. Il a fait mouche et les sifflets se sont tus. Je n'ai pas osé poser trop de questions à maman à cette époque. Je voyais bien qu'elle était paniquée à l'idée que je découvre la vérité.

Aujourd'hui, LA boîte est là, devant moi.

Maman l'a sortie mais ne m'oblige pas à l'ouvrir. Elle se doute du remous qu'elle va engendrer et craint la tempête. Depuis deux jours, déjà, cette boîte est posée sur la table basse du salon. Difficile de passer à côté sans éprouver des frissons. J'ai peur de me brûler les doigts et de me consumer. Que se passera-t'il si je m'effondre ? Je n'ai jamais parlé du Monstre à Jérémy. Chaque fois qu'il me posait des questions sur mon passé, j'arrivais à éviter le sujet par une cabriole ou l'autre. Il est loin de se douter du drame qui a marqué notre famille au fer rouge. Mon tatouage gravé sur la plante des pieds en est la preuve indélébile. Il m'a bien demandé pourquoi ma peau était dépigmentée à cet endroit. Après quelques secondes de panique, j'ai joué les ignorantes : défaut de fabrication. Comme il avait envie d'explorer d'autres parties de mon corps, il en est resté là, trop heureux de constater qu'il n'y avait pas d'autres imperfections… Là, j'ignore comment il va accueillir mes entourloupes. J'ose espérer qu'il comprendra. Ma connaissance de l'histoire étant très floue, mon récit aurait été plus que parsemé de lacunes. Alors, à quoi bon. Autant lâcher le morceau d'un coup. Pour ça, je devais soulever le couvercle…

Nous voici installées, maman et moi. Assises l'une contre l'autre, une tasse de thé à portée de main, une couverture sur les genoux pour nous protéger de cette soirée de début de printemps bien fraîche.

– Justine a préféré nous laisser seules mais elle est dispo si nous avons besoin d'elle dans la soirée.

– Ça va aller, non ?

Je suis surprise par mon timbre de voix. On dirait une toute petite fille.

Nous n'avons pas fait honneur à la bonne lasagne préparée par maman. Nos estomacs sont trop noués et nos gorges bloquées par une grosse boule qui empêche tout passage de mets, aussi délicieux soient-ils. Pour une fois, nous n'osons pas nous regarder. Nous nous sentons trembler réciproquement.

– Un petit exercice de respiration ? Un fond de musique ?

– Non, je n'ai pas envie d'associer ce moment à un air quelconque.

– Je comprends, c'est comme tu veux.

Seul le silence nous accompagne. Pour une fois, la voisine n'a pas allumé sa télé. Maman avance la main et dépose LA boîte sur mes genoux. Respirer. Souffler. Respirer. Souffler. A mon tour, je touche LA boîte. Ma main tremble un peu. J'ôte le couvercle. Il me faut encore quelques secondes pour approcher LA boîte et apercevoir son contenu. Je constate tout de suite l'ordre qui y règne. Maman a bien préparé les choses.

Je pars à la découverte de mon passé...

La photo sur fond de coquelicots me saute aux yeux. J'interroge maman.

– J'ai voulu respecter la chronologie des événements. Au début, notre histoire était belle à l'image de ce couple amoureux. Tes grands-parents paternels étaient des gens simples. Lui cordonnier, elle ouvrière dans une usine de montage. Elle travaillait tantôt de nuit, tantôt de jour. Youril, ton père, avait trois frères et une sœur. Difficile dans ces conditions de s'occuper de toute la marmaille. Tes grands-parents ont vite été dépassés, dans un pays tourmenté, à l'avenir plus qu'incertain. La plupart du temps, ton père était livré à lui-même. L'école est devenue sans intérêt pour lui, qui préférait les coups foireux avec ses copains. Il a tout de suite mal tourné. Un casse de voitures et le premier séjour en maison de redressement. Tes grands-parents ne savaient pas comment l'aider à retrouver le droit chemin. Youril a eu la chance de croiser la route de Yousef. Etrange personnage. Sorte d'éducateur de rues. Il a pris ton père sous son aile. Il a réussi, par miracle, à lui redonner le goût des études. Youril n'était pas idiot, il avait juste besoin de repères. Il s'est lancé dans une formation de mécano. Les belles carlingues le faisaient rêver. Une fois son diplôme en poche, il a quitté le pays. Pas moyen de trouver de boulot dans une nation en pleine crise. Comme il n'était pas riche, il a juste emporté le minimum dans un baluchon de voyage. Et en route, patatra ! Livré à lui-même, il est de nouveau tombé au fond du trou. Il a commencé à vivre de petites rapines. Il en avait marre de la précarité, du froid, de la faim.

Maman s'arrête dans son récit. Elle me tend les photos de mes grands-parents, de mon père petit garçon en culottes courtes dans la crasse du quartier ouvrier.

– Je n'ai pas été assez curieuse à l'époque. Comment était-il arrivé en Belgique ? Un vide de plusieurs années venait imprégner le passé de Youril. Quand je l'ai rencontré, il travaillait comme mécanicien dans un garage de bonne facture. Il semblait heureux de bricoler des voitures d'une certaine gamme. J'ai craqué pour ses yeux bleus, ses boucles blondes et ce petit accent charmant. C'était évident que sa situation ne permettrait pas de faire bouillir la marmite. Je devrais travailler.

Maman était botaniste, mais les places n'étaient pas nombreuses. Elle ne s'est pas démontée. Pour mettre la main sur Youril, faudrait y aller à la grosse louche. C'est donc pleine de bagout qu'elle a décroché un poste d'assistante aux facultés Saint Luc. Il faut dire qu'elle s'était fait remarquer dans sa promo. Le chargé de cours l'a donc engagée avec un grand sourire, en espérant peut-être plus... mais là, c'était mal connaître Anna Di Marco ! Elle a dû accomplir plus d'une heure sup pour arrondir ses fins de mois mais qu'importe puisque Youril était à ses côtés. Très vite Justine a arrondi le joli ventre de maman. Aïe, comment allait réagir le chef de département ? La pilule est passée. Il aimait trop maman pour s'en séparer. Heureusement, elle a mené sa grossesse à terme sans souci. Sauf un, majeur, qu'elle n'a pas vu venir.

– Youril avait perdu pied. Entre la grossesse et les heures sups, il s'est retrouvé fort esseulé. Largué. Il a commencé à déconner sérieusement. Comme je rentrais tard, je n'ai pas remarqué ses absences du domicile après le boulot. Il a sérieusement dérapé un soir de trop : mélange de substances douteuses dans les veines. Avec un copain, ils étaient dans le parc quand une petite fille perdue leur a demandé son chemin. Entamés comme ils l'étaient, ils l'ont attrapée. Youril faisait le guet pendant que son copain la malmenait dans les buissons. Ils n'ont pas eu le temps de passer à l'acte car la gamine a pu s'enfuir. Une plainte a été déposée. Youril n'a pas été inquiété, la fillette n'ayant pas réussi à le décrire à la police. Cet incident aurait dû refroidir Youril et le calmer. Pas de bol, il était tombé sous la houlette d'un sale type. Ce connard n'ayant pas fait de préventive, Dieu sait comment, ils ont remis ça quelques mois plus tard. Cette fois, la petite Adélaïde a eu moins de chance. Youril était trempé dans l'affaire jusqu'au coup. Il l'a brûlée, violée et laissée pour morte dans un sous-bois. Justine avait onze ans quand les faits sont arrivés. J'étais fatiguée par un travail harassant. Ma belle histoire prenait l'eau. J'étais cependant à mille lieux de réaliser la gravité de la situation. De nouveau, pas de témoignage pour inquiéter ni Youril, ni son copain. Mais la came d'une qualité de plus en plus douteuse et à des doses de plus en plus régulières a commencé à avoir raison de ton père. J'ai voulu une séparation. La drogue, je ne voulais pas assumer. Il a donc disparu de la circulation pendant quelques temps. J'ai essayé de l'oublier en m'occupant un maximum de Juju. Un jour, il est revenu frapper à ma porte. Il avait l'apparence de l'homme que j'avais aimé. Il m'a sorti le grand jeu. Pendant des mois, il m'a fait une cour assidue. Le charme slave a porté ses fruits. Une petite alarme sonnait quelque part dans ma tête mais mon cœur ne l'a pas entendue. Tu as donc commencé à donner des coups de pieds dans mon ventre pour me signaler ta présence. Il était trop tard, le piège s'était refermé.

A ce stade du récit, maman a besoin de reprendre son souffle. Je constate avec regret qu'elle est toujours rongée par la culpabilité.

– J'ai piqué une crise en constatant les mensonges de Youril. Les absences injustifiées reprenaient, sa dépendance refaisait surface et le ravageait. Un soir, il était sensé te garder pendant que j'étais à un dîner professionnel. C'est là, qu'il a commencé à te brûler avec ses mégots. Quand je suis rentrée, j'ai tout de suite constaté que quelque chose clochait. Tu avais une grosse cloque sur la main. Youril a invoqué un accident domestique. J'étais inquiète. Je ne supportais pas qu'il puisse, volontairement ou non, s'en prendre à Justine ou à toi.

Elle s'en veut. Elle a été trop légère. Pendant ce temps, les parents de la petite fille violée, ne baissaient pas les bras, et lentement, la police a remonté la filière jusqu'au copain de mon père. Les « accidents domestiques » se sont répétés jusqu'à l'épisode de mes pieds. Maman a porté plainte et a mis mon père à la porte. Cette fois elle demandait le divorce. L'enquête a mis en évidence la culpabilité de mon père, Maman était horrifiée, dévastée. Elle ne l'avait jamais soupçonné à l'époque. Ok, il disjonctait, mais de là à imaginer le pire, jamais. La suite, je la connais : procès, prison, changement de nom.

L'horreur, je la découvrais. Elle était là, sous mes yeux. Bien réelle. A travers des mots comme : récidiviste, fillette, sous-bois, sang, lésions, viol…

Et puis soudain, un prénom, Adélaïde…

Mes yeux se sont brouillés.

Une chape de plomb m'est tombée sur la tête. Mon cœur allait s'arrêter. Maman s'est péniblement levée pour nous refaire du thé. Tout d'un coup, j'avais besoin d'air. De solitude. J'ai signalé à maman que je sortais un moment. Je me suis promenée, hagarde, dans le parc pendant un temps fou. Le ciel était clair et étoilé. Je pensais à Adélaïde. Mon père était définitivement une ordure mais il ne m'aurait pas. Je refusais de me laisser atteindre par ses actes, sa cruauté. Je ne serai pas la fille d'un tel monstre.

… Mais Adélaïde ? Où es-tu ? Que deviens-tu ? J'aimerais te garder bien au chaud, à l'abri de ce salaud.

VINGT ET UN ANS

– Purée qu'il est lourd ce divan ! Je vais réussir à me casser le dos ! Jérémy, ne pousse pas si fort, les escaliers sont trop raides, je vais m'étaler. Oh et puis merde. Je ne vais pas y arriver ! Demande un coup de main à ton frère, moi, je n'en peux plus.

Et voilà, il fait la gueule !

– Eh, je ne suis pas miss muscles. Je t'avais dit de trouver des copains pour nous aider. Les meubles en kit, ok. Mais les grosses pièces, non.

– Ouais, t'as peut-être raison. On n'y arrivera jamais à deux.

– Alléluia !

– Je te croyais plus forte, espèce de microbe.

– Tu sais ce qu'elle te dit le microbe !

– Ohé, c'est de l'humour. Cool.

Il a toujours l'art de me faire mousser. Bon, nous voilà à la manœuvre pour remettre le divan dans la camionette en attendant du renfort.

Nous l'espérions depuis longtemps cet emménagement. Nous avons sillonné les rues de la capitale pendant des journées entières, tantôt au volant de la voiture de maman, tantôt à vélo ou en rollers. Nous bravions la pluie et le froid, trop motivés à l'idée d'habiter à deux. Nous avons visité des dizaines de studios, de lofts, de duplex pour finalement nous décider pour un appart au dernier étage d'une ancienne maison de maître. Un coup de pot monstre ! La propriétaire a flashé sur notre couple. Nous lui rappelions sa jeunesse. C'est dans cette maison qu'ils avaient élevé leurs enfants. Aujourd'hui, elle était veuve et les « petits » tous partis. Elle voulait nous offrir la chance de débuter dans un endroit « favorable ».

Jérémy travaille et, heureusement, il a un super salaire. Bon, il faut dire qu'il a été engagé dans une multinationale. C'est une aubaine même si le boulot en lui-même n'est pas toujours à son goût. De toute façon, je n'y comprends que dalle. Moi, et les maths, ça fait cinq mais pour la finance, je peux facilement monter à vingt ! Il a réalisé son stage dans cette entreprise et sur sa lancée a obtenu une bourse pour une thèse. Très sérieux tout ça. Heureusement, à la maison, (bientôt, je devrai dire 'chez maman') il enlève sa cravate et son veston ! Dès qu'il rentre, à n'importe quelle heure, souvent tardive, il se précipite sous la douche et saute dans un jeans. Là, je le retrouve tout ébouriffé, comme je l'aime ! Il n'envisage pas de poursuivre sa carrière dans cette boîte. Il veut de la DIVERSITE ! Il aurait peut-être dû envisager un autre style d'études...

De mon côté, j'ai opté pour les langues. Je vise l'interprétariat. Les profs ont l'air d'approuver. J'ai mes chances. Je ne me vois pas du tout dans la peau d'une traductrice. Je préfère l'instantané, le contact. J'ai choisi l'anglais et l'italien. L'espagnol me tente aussi et si tout va bien, je suivrai des cours du soir pour accrocher une corde de plus à mon arc. Maman trouve que j'ai de l'ambition. Je ne sais pas… j'ai juste envie de réussir, d'avoir un boulot sympa, des collègues réglos. Un peu comme tout le monde, je pense. En attendant, nous vivrons du salaire de Jérémy.

Nous avons passé une belle soirée avec notre proprio. Louise est amusante. Pas du tout la vieille veuve aigrie qui s'en prend à la jeunesse entière pour tous les maux de la terre. Elle est toute petite et menue. Nous avons envie de la prendre sous notre aile. Qui veillera sur l'autre dans cette maison ? Elle nous a conté sa vie, son mari Arnold, anglais de pure souche. Un ancien soldat tombé amoureux de la Belgique, et décidé d'y rester. Ses enfants, Mick et Lise, sont installés tous les deux à Londres. Elle est ravie de nous avoir rencontrés et promet, de son petit air ingénu, de ne pas nous envahir…

« Vincent, François, Paul et les autres » débarquent enfin ! Je vais pouvoir souffler et m'occuper du léger. Les petites caisses, ce n'est pas ça qui manque ! Difficile de ne pas être tous dans les pieds les uns des autres. Je me glisse entre deux malabars et j'attrape un carton. « Vaisselle, fragile ». Je suis arrivée à temps, avant que Musclor ne se précipite et n'emporte les paquets sans faire attention. Il faut que je les calme !

– Doucement les gars, lisez ce qui est inscrit sur les cartons, ce n'est pas là pour garnir !

– Bien chef, à vos ordres, chef !

Oh, j'existe ! Ils m'ont entendue du premier coup ! C'est l'heure de la pause déjeuner. Maman débarque avec les sandwichs, les bières et le coca. Entracte bien mérité. Nous prenons des chaises pliantes de son coffre.

– Sorry, pas assez de place pour tout le monde.

– Par terre, c'est aussi bien, m'informe Sylvain.

C'est le moment que choisit Justine pour débarquer avec ma filleule d'amour. Ma petite Chloé qui n'est plus si petite. Elle aime me le préciser à chacune de nos rencontres.

– T'as vu, j'ai mis ma super salopette !

– Oui, un vrai petit déménageur. Tu es d'enfer.

Une fois tout le petit monde rassasié, je l'entraîne dans la cuisine et nous nous attaquons aux produits ménagers et autres ustensiles. Je ne sais pas trop quelle tâche lui confier. Du haut de ses cinq ans, elle risque de provoquer des catastrophes. Justine vient à mon secours.

– Viens ma puce, on va aller dans le parc, faire un petit tour.

– Non, je veux aider ma marraine !

– T'inquiète pas, ma puce, il y aura encore du travail à ton retour.

– Comment tu vas faire sans moi ?

– Ben, je vais commencer par des choses difficiles pour toi.

– Je t'offre une glace, lui précise sa maman.

– Oh, ouais, une glace, une glace !

– Excellente idée !

Je n'aurais pas trouvé mieux. Comme elle est aussi gourmande que sa marraine, ni une ni deux, elle lâche tout et se précipite vers la porte. Maman, restée sur le trottoir, a juste le temps de la saisir au vol avant qu'elle ne traverse la rue en trombe.

La veille, nous étions venus entreprendre quelques travaux : une tringle par-ci, un trou pour une applique par-là. Ravie, je sors les tentures de leur emballage. Je les accroche aux barres en bois. Elles sont dans les tons ocres, terre de Sienne. Nous avons choisi des couleurs chaudes pour l'ensemble des pièces. Pas de blanc, plutôt des tons doux : ivoire, et écru. J'ai craqué pour des grands plaids à jeter négligemment sur le divan et les deux fauteuils. Aucun éclairage direct, mais plutôt des lampes tamisées à variateur de lumière. Nous avons envie d'un endroit douillet, serein. Nous ne voulons pas nous sentir agressés. Juste du doux, du très doux…

Ah, on dirait que les garçons arrivent au bout. Je les entends, de la salle de bains, décapsuler quelques bouteilles. Le bac de bières descend à une allure grand V. Il est encore tôt. Tout a été plus vite que prévu. Nous avions décidé d'avaler un spaghetti une fois que tout serait sorti du camion et les meubles montés mais, là, c'est un peu tôt. Je discute en douce avec Jérémy et nous tombons d'accord. Les garçons ont quartier libre jusqu'à dix-neuf heures. Jérémy part avec eux. Sur ces entrefaites, Justine revient avec Chloé. Quel calme tout d'un coup…

– Nous les filles, nous allons commencer à ranger les armoires. D'abord le linge. Pas envie de devoir repasser à nouveau.

– Ouais !

– Regarde, Chloé, tu peux ranger les chaussettes dans les tiroirs.

– Super.

Je la regarde, très méthodique, elle les classe par couleur.

– Voilà, j'ai fini.

– Déjà !

– Oui, regarde comme c'est bien en ordre.

– Tu as fait du très bon travail.

– Youpie ! Je peux sauter sur ton lit ?

– Tu peux, mais c'est bon pour une fois. Quand le lit sera fait, terminé.

– Ok !

Et la voilà qui s'en donne à cœur joie. Pirouettes et cumulets, tout y passe.

Le soleil de l'après-midi donne dans la chambre à coucher. J'imagine des siestes chaudes dans ce grand lit tout neuf, enlacés derrière les persiennes... Bon, concentre-toi sur tes pantalons.

– Où sont les cintres ? Justine les cherche. Elle jure. Déplace des cartons…

– Non, ils sont dans un grand sac poubelle ! Tiens, là, derrière la porte.

Nous continuons à défaire les valises pendant que Chloé fait le pitre. Justine me propose de m'aider à faire le lit.

– Quels draps pour votre première nuit ? Petit sourire en coin...

– Les rouges écarlates ! Ils vont nous faire oublier la fatigue de la journée !

– Hum, hum...

Et hop, chacune un coin de la couette, un coin de la housse et vas-y que ça entre ! Du raffut nous parvient, signe que les garçons sont revenus.

– Le spaghet n'est pas prêt.

– Bon, tu sais où se trouvent les bouteilles de rouge ?

– Non, Jérémy... faut chercher.

– Le tiiiiiire bouchoooon ?????

C'est reparti pour une fouille approfondie mais sans succès. Jérémy fonce à l'épicerie du coin acheter de quoi nous délivrer. Pendant ce temps, je chauffe l'eau et mets la sauce, mijotée la veille, sur le gaz.

– Tiens, oui, nous avions du champagne ! Vivent les bulles ! Bon, dans des gobelets en plastique, ce n'est pas génial mais tant pis !

Nous nous éclatons ! Chloé a même droit à du Kidibul aux pêches ! Elle s'en lèche les babines. Louise frappe à la porte. Attirée par le bruit, elle vient aux nouvelles. Nous l'invitons à se joindre à nous et téléphonons à maman. Sans elle, la fête ne serait pas complète. Tout le monde trinque. Les chips sont sorties de je ne sais où et Louise nous annonce qu'elle nous a préparé une mousse au chocolat.

– Waouh, c'est trop ! J'adoooooore !

De nouveau pas assez de place pour tout le monde autour de la table. Nous improvisons. Les garçons, galants, laissent la place aux dames et se vautrent sur les fauteuils.

– Merci de ne pas barioler les coussins de sauce tomate !!!!

– Oui chef !

– Ça va les gars, arrêtez de m'appeler chef !

– Oui chef !

Heureusement, j'ai prévu à manger pour un régiment en souhaitant de tout cœur que nous aurions du renfort. Quand des grands gars costauds ont faim, ça descend ! Je repars à la cuisine préparer une nouvelle ration de pâtes.

– Là, c'est la fin, plus rien dans les réserves.

Louise ne sachant pas qu'il y aurait tant de monde est embêtée.

– Il n'y aura pas assez de dessert pour tous…

– Pas de panique, c'est déjà super gentil de nous avoir préparé une bonne mousse. Je suis sûre que les garçons n'ont plus faim. Pas vrai les gars ?

Je profite de mon statut de chef. Encore une fois, les hommes sont sympas. Je devrais déménager plus souvent… Il est vingt-trois heures trente quand tout le monde décide de rejoindre ses pénates. Justine découvre Chloé profondément endormie sous les draps. Trop mignonne. Vite, une photo ! Elle la prend doucement dans ses bras et disparaît dans la nuit.

Voilà, nous nous retrouvons à deux. Dans notre chez nous. Notre nouvelle vie peut commencer. Nous nous regardons, soudainement intimidés. Le moment paraît solennel. L'instant est fugace.

Nous nous jetons sur le lit…

VINGT-SIX ANS

Il pleut sur les toits de Bruxelles. Le parc est triste. Personne sur les bancs. Personne dans les allées. Les oiseaux se sont tus. Le vent s'est levé. Je regarde par la fenêtre les traînées que laisse l'eau sur les carreaux. Je suis à l'égale du temps : zéro.

Pourtant, j'ai tout pour être heureuse. Jérémy est un ange et notre petite Clémentine va fêter son premier anniversaire. Elle commence à pousser sur ses jambes pour explorer le monde d'un autre point de vue. Elle rouscaille quand elle retombe lourdement sur ses petites fesses rebondies. Pour l'instant, elle babille bien sagement dans son parc. Elle gigote en manipulant des petits éléphants, des tortues, et autres animaux en bois au-dessus de sa tête. Elle est très concentrée et plisse le front. Et hop, un éclat de rire retenti. Je l'aime à en crever ma petite Clémentine ! Et pourtant, je suis dans le trente-sixième dessous.

Depuis plusieurs jours, je me réveille en sueur, complètement trempée. Désorientée. Paniquée. Je fonce dans la chambre de ma fille. Elle respire doucement emportée dans ses rêves d'enfants. Le cauchemar revient me hanter. Il ne me laisse pas de répit. Après le souper, ma tension commence à monter. Je deviens fébrile et appréhende le moment de me glisser sous les draps. Malgré toute la tendresse de Jérémy, je frissonne. J'ai du mal à me donner à lui. Je suis à mille lieux de nos étreintes et il le ressent. Il se sent désemparé. Démuni.

Non, je n'irai pas voir de psy.

Non, ce salaud ne m'aura pas.

Le Monstre m'a retrouvée dans mes nuits.

Tout a commencé quand Clémentine est arrivée. D'abord, un sentiment diffus. Je ne me sentais plus en sécurité dans notre appart. Je n'en comprenais pas la cause. Ensuite, cette impression m'a poursuivie en promenade. Sensation d'être suivie. Epiée. J'accélérais le pas pour rentrer au plus vite. Clémentine était impatiente de sortir et a commencé à rouspéter quand nous rejoignions trop tôt la maison. Il fallait que je me calme. Mettre un mot sur ce malaise. J'en parlais à Jérémy mais en vain.

Un après-midi, j'ai pris le bus avec Clémentine et nous sommes parties au bord de l'étang pour nourrir les canards. Elle riait aux éclats en voyant les oiseaux se précipiter sur les morceaux de pain. Et puis, soudain, une maman affolée crie après sa fille. Elle semble l'avoir perdue de vue. Elle perd les pédales et s'époumone. Mon cœur a fait un bond. Il s'est emballé. J'ai usé de toutes mes forces pour le maîtriser. Je me suis assise par terre, à côté de la poussette. En boule. La tête entre les genoux. Les larmes ont jailli sans crier gare. Une dame d'un certain âge est venue près de moi. Son mari faisait des mouvements de va et vient avec la poussette pour apaiser la petite qui s'était mise à pleurer. La dame a essayé de me parler. Je ne comprenais rien. Je devais me reprendre. Me ressaisir. Surmonter cette détresse qui gâchait cette belle après-midi. Finalement, c'est Hugo passant par hasard qui m'a aidée à me dominer. Je ne me souviens plus de ses mots, juste d'une présence connue. Rassurante. En me voyant debout et sécher mes larmes, Clémentine s'est calmée, elle aussi. Je lui ai fait mon plus beau sourire. Elle m'a regardé hésitante, puis, à son tour, elle a souri. Nous avons avalé une gorgée de jus d'orange pour nous remettre de toutes ces émotions. En remettant la bouteille dans mon sac, j'ai vu que la petite fille et sa maman s'étaient retrouvées. Quel soulagement. Notre balade ne pouvait pas se terminer par une note négative. J'ai donc emmené Clémentine faire un petit tour de barque. Je prenais un risque. Pourvu que la crise ne me reprenne pas sur l'eau. Je suis donc restée très prudente et ne me suis pas trop éloignée du bord. Clémentine était solidement harnachée dans une bouée avec un gilet de sauvetage. Il ne pouvait rien nous arriver.

Cette nuit-là, le Monstre est venu me rendre sa première visite…

Je devais avoir une huitaine d'années. Maman et moi, marchions dans la forêt. Nous avions décidé de cueillir des champignons. Maman avait acheté un beau livre illustré montrant toutes les variétés possibles. Il ne devait donc pas être trop difficile de reconnaître les champignons comestibles. Pas question de se retrouver à l'hôpital à cause d'une mauvaise pioche ! Le sol était humide et la forêt dégageait des odeurs mystérieuses. Très vite, nous nous sommes enfoncées dans les sous-bois et l'obscurité devenait de plus en plus épaisse. Le brouillard était intense en pleine après-midi. Devant nous se dressait une vieille demeure toute délabrée aux volets clos à moitié vermoulus. Elle était entourée d'un haut mur, mais une grille en fer forgé était entrouverte et nous invitait à entrer. Je me suis retournée pour demander à maman si nous devions continuer mais elle n'était plus là. Pas grave, à huit ans, je pouvais visiter la maison toute seule. Je n'avais peur de rien.

Des nains de jardin parsemaient le sol dont l'herbe était brune. J'ai poussé la grille qui a émis un grincement sinistre. J'avais envie de continuer. Je voulais voir tous les nains. Il y en avait des dizaines. Ils avaient des figures rigolotes. Certains chantaient, d'autres dansaient ou jouaient de la musique. Ils avaient l'air de bien s'amuser tous ensemble. Sauf un. Il était tout seul dans son coin, à l'écart des autres. Peut-être qu'il boudait. S'étaient-ils disputés ? Il me tournait le dos. Je me suis avancée. Je l'ai contourné. Et j'ai hurlé. Sa tête était... Un grand trou d'où sortait une main vivante. La main bougeait. J'ai fait un bond en arrière. La main est sortie de la tête. J'étais paralysée. Je n'arrivais plus à exécuter le moindre mouvement. J'avais l'impression que mes pieds s'enfonçaient dans la mousse. Je criais pour que maman revienne. La main ne semblait pas vouloir m'affoler. Elle est retournée à sa place et un doigt m'a fait signe d'approcher. Je ne devais donc pas avoir peur. J'étais forte. J'ai marché tout doucement vers la main. Elle continuait à me faire des signes plutôt gentils. Elle a disparu et puis elle est revenue et m'a tendu une rose. Une rose d'un rouge écarlate, comme je n'en avais jamais vue. Tellement rouge qu'elle brillait de mille feux. Comme elle était belle ! J'ai voulu la prendre mais les épines étaient très grosses. Je ne voulais pas me piquer. La main a vu mon hésitation. Elle est repartie. La rose est réapparue sans piquant. La main me faisait un beau cadeau ! C'est toute confiante que je l'ai prise mais à ce moment-là, elle s'est transformée en mégot de cigarette brûlant. La main me l'a écrasé sur ma paume avec une telle violence que je n'ai pas su réagir. La main s'est mise à ricaner. Un horrible rire que je connaissais. Que je reconnaissais. Un rire qui venait de très loin des profondeurs de ma mémoire.

C'est là que je me suis réveillée en sursaut. Des crampes violentes m'ont plié en deux. Je suffoquais. Jérémy s'est réveillé et m'a directement prise dans ses bras mais je l'ai repoussé brusquement. J'étais perdue. Hagarde. Je me suis précipitée dans la salle de bains, et j'ai fermé la porte à double tour. Je me suis recroquevillée sur le carrelage tout froid et j'ai commencé à me balancer dans un mouvement de va et vient incessant. Jérémy me suppliait d'ouvrir la porte mais je n'arrivais pas à sortir de ma torpeur.

Cette main. Cette brûlure infernale qui me piquait sauvagement la paume. Petit à petit, le visage du Monstre a pris forme. Je le revoyais. De plus en plus net. J'ai pu associer ce rire à ce visage tant détesté. Tant haï. Le déclic s'est fait et la rage en moi est montée aussi violement que l'apparition du Monstre. Je me suis levée, précipitée sous le jet d'eau froide. J'ai vu mon reflet dans le miroir. Hirsute. Blanche comme la neige. Je me suis reprise. Essuyé mon visage. Ouvert le porte à Jérémy. Effondrée dans ses bras. J'ai voulu voir Clémentine. Me rassurer. Elle était là, dans son berceau, les deux poings serrés et le sourire aux lèvres. Son souffle était calme. Je me suis penchée pour l'embrasser tout doucement. Ne pas la réveiller. Ne pas troubler ses rêves d'innocence.

Depuis cet épisode, le Monstre revient me hanter. Non, pas chaque nuit. Ce serait trop facile. La régularité n'a jamais été son fort. Il préfère la surprise. Je manque de sommeil. Je vis sur mes gardes. J'ai peur qu'il revienne. Qu'il fasse du mal à Clémentine. Jamais il ne touchera à ma fille.

Personne ne sait où il se trouve. Depuis sa sortie de prison, c'est le silence complet. Maman, convaincue qu'il est reparti vers l'Est, essaye de me rassurer. Mais tout se mélange. Je pense à Adélaïde. J'ai peur pour Clémentine. Je ne vis plus. J'ai peur de perdre Jérémy.

Lors de sa dernière visite, Juju m'a laissé l'adresse d'une psy. « Quelqu'un de bien, tu verras. ». La carte de visite traîne négligemment sur la commode à l'entrée, perdue au milieu des clés et des factures à régler. Je sais. La carte est grise. Les caractères sont blancs. Le nom est inscrit en majuscules. Un téléphone. Un numéro d'urgence. Je sais. L'adresse l'indique. La psy n'est pas loin. Le combiné mural non plus.

J'appellerai peut-être.

Clémentine, je suis là.

Jérémy, ne pars pas.

Le Monstre ne m'aura pas.

VINGT-NEUF ANS

Quand j'étais petite, j'adorais jouer à la marelle. Justine et moi dessinions le grand jeu à la craie dans l'allée du parc. Le gardien n'appréciait pas beaucoup notre décoration et, quand il nous voyait arriver, nous prenions le plus souvent nos jambes à nos cous. Il n'était pas bien méchant mais aimait user de son autorité sur deux gamines. Quand il apparaissait dans notre dos et nous surprenait, Justine devait réaliser de gros efforts pour rester polie. Au début, il croyait que Justine était ma maman. Elle a joué le jeu quelques fois mais il s'est vite rendu compte de la supercherie. Malin le lapin !

Aujourd'hui, c'est avec Clémentine que je m'amuse à sauter dans les cases colorées. Plus besoin d'apporter nos craies, le jeu est tracé dans la cour de l'école voisine où nous avons l'autorisation de nous rendre les jours de congé. Clémentine est très concentrée. Elle place ses deux petits pieds joints, bien en face des premiers chiffres. Elle retrousse son mini nez en trompette, plisse les sourcils, plie un peu les jambes et hop, lance le caillou !

– Bien visé, le trois !

Et c'est parti pour un tour de piste ! Comme je suis maladroite, je loupe souvent la bonne case et je dois passer mon tour.

– Oups, tu es déjà au sept.

Il est temps que je démarre !

– Cinq, attention, je vais te rattraper !

– Non, non, non, tu m'auras pas.

La voilà au paradis ! Et c'est là que toute la subtilité du jeu prend un sens pour Clémentine et moi. Nous avons instauré une variante : nous nous asseyons toutes les deux dans les nuages et je lui raconte une histoire drôle. Elle doit absolument être rigolote car si Clémentine ne rit pas, j'ai un gage. Si j'arrive la première sur le dix, les rôles sont inversés. Et pas question de répéter deux fois la même blague, sinon... Petit bonhomme qui rit !

Ce soir, en bordant Clémentine, nous avons le cœur gros toutes les deux. C'est la première fois que je dois m'absenter plusieurs jours pour mon boulot. Un congrès médical en Sicile. Maman est excitée comme une puce. Je vais enfin découvrir son pays ! J'ai pu m'arranger pour qu'elle m'accompagne. Je crois, que c'est surtout elle qui profitera des petites places et des rues escarpées de Taormina, moi, je serai les trois quart du temps enfermée dans une cabine de traduction. Elle a déjà prévu notre planning pour les trois soirées et notre journée de visite. Je pense que je vais vivre un vrai marathon ! Je sais qu'elle aurait voulu m'emmener à Syracuse et Agrigente mais nous manquons cruellement de temps et je n'avais pas envie de prolonger le séjour sans ma petite famille. C'est peut-être une erreur...Qui sait si j'aurai l'occasion de revenir avec maman comme guide. Elle a prévu de retrouver une de ses anciennes amies d'enfance à Castelmola mais, c'est promis, les soirées, elle me les réserve ! En voiture Anna !

A l'aéroport, je retrouve d'autres collègues. Le vol nous emporte sans encombre jusqu'à Catane où nous sommes accueillis par une horde de carabinieri armés jusqu'au képi qu'ils portent fièrement. Beueu, s'ils se veulent menaçants, c'est réussi. Maman rit et les salue en italien. L'un d'entre eux un peu plus jeune lui répond gentiment. Je m'inquiète pour rien, ils font partie du folklore local pour impressionner les touristes et leur donner un sentiment de sécurité. Tu parles ! Je fais signe à mes collègues. Je les rejoindrai à l'hôtel. Nous n'empruntons pas le minibus destiné à l'équipe. Pour ses pérégrinations siciliennes, maman a besoin d'une voiture.

J'arrive à me plier un maximum pour entrer dans une Fiat 500 mini rikiki.

– T'aurais pas pu choisir une autre voiture, j'ai les genoux qui me rentrent dans le ventre.

– Ah, ma fille, tu n'y connais rien. C'est parti !

Maman a tout de suite repris les réflexes de la conduite italienne. C›est-à-dire : du grand n'importe quoi. Trois fois, j'ai cru qu'elle allait nous envoyer dans le décor, que je n'ai pas pu apprécier à sa juste valeur, trop cramponnée à mon siège. Un coup de klaxon par-ci, un coup de volant plutôt sec par-là et nous arrivons enfin à destination.

– Ouah, je suis soulagée de pouvoir étendre mes jambes. Il était temps qu'on arrive. J'ai cru que tu allais nous tuer.

– Ça faisait longtemps que je ne m'étais plus autant amusée au volant. C'est beau, non ?

Je suis heureuse de sentir sur ma peau la brise tiède de cette fin de journée. Le temps est compté avant le repas du soir mais maman ne se tient plus.

– Tu DOIS ABSOLUMENT monter dans le funiculaire ce soir. Tu DOIS admirer le panorama depuis le sommet de Taormina et avec un peu de chance, nous verrons l'Etna.

Surtout ne pas contrarier une Sicilienne qui débarque sur son île même si je suis déjà crevée. Clémentine a beaucoup pleuré cette nuit. Je m'installe donc dans la bulle grimpante, sans oublier auparavant d'emporter un pull. Et là, je comprends toute la magie de ce pays.

– La vue est à couper le souffle !

Tous ces toits qui descendent en pente douce et qui ont l'air de plonger dans la mer. Cette eau d'un bleu si pur. Les figuiers de barbarie se découpant sur la mer. Les bougainvilliers roses apportent une note de couleur aux ruelles escarpées. Le théâtre grec dans le contrebas appelle à la visite.

Nous apercevons une légère coulée de lave et des étincelles provenant de l'Etna. Je ne sais plus où regarder. Alors, je baisse les yeux vers maman qui m'observe avec un grand sourire.

– T'as raison, je suis sous le charme.

Les deux jours de séminaire sont nettement moins passionnants. Je n'en touche pas une. Heureusement que nous avions eu les exposés avant de partir. Les questions-réponses sont plus à ma portée. Pendant ces longues heures, je pense à maman qui redécouvre son pays et ses amis. Je n'ai qu'une hâte, la retrouver le soir. Mes confrères avaient un air amusé en me voyant d'un pas rapide rejoindre « La Mama ». Pour notre première soirée, nous avons dû laisser passer un bref orage avant de nous engager dans les petites rues. Maman n'arrêtait pas de parler, en français mais avec le débit italien et la gestuelle incomparable associée à cette langue. Trop comique ! J'avais envie qu'elle se taise pour profiter du brouhaha ambiant de cette ville mais son charabia constant s'accordait bien au décor. Nous nous sommes installées sur une petite terrasse d'une trattoria où je me suis littéralement empiffrée d'aubergines grillées.

– Depuis le temps que j'en rêvais !

– Quoi, les miennes ne sont pas bonnes ?

– Si, si, bien sûr, mais…

– Tu as tout à fait raison, ici tout est meilleur, ce n'est qu'un début.

Cette ville étant inondée de touristes à la belle saison, les boutiques restaient ouvertes assez tard. Nous nous sommes mêlées à la foule qui déambulait et avons acheté deux trois souvenirs. Un bel éventail pour Justine, une musette en cuir pour Jérémy, une poupée folklorique pour Clémentine et un beau tee-shirt orange pour Chloé. Et moi ? Je m'offrirais bien quelque chose. Mais quoi... La maroquinerie est trop tentante et je ne résiste pas longtemps à une superbe gibecière en cuir naturel. Un fourre-tout comme je les aime. C'est certain, elle me suivra partout ! Maman quant à elle, a flashé sur un chapeau complètement extravagant.

– Tu es certaine, que c'est celui-là que tu veux ?

– Oui, il ne te plait pas ?

– Si, il est superbe.

– Mais ? Il ne me va pas ?

– Mais si, c'est juste que je me demande comment nous allons le rapatrier à Bruxelles.

– Oh, t'en fais pas pour ça.

– Ce que Mama veut, Rose le peut !

Pour mon jour de repos, nous avons décidé d'aller arpenter l'Etna. Pour cela, il fallait bien s'équiper, mais nous avions tout prévu. Nous voici donc installées dans un téléphérique pas rassurant du tout. Nous commençons notre ascension vers les sommets du volcan. La cabine s'arrête, redémarre, s'arrête… nous sommes secouées. Maman devient toute verte. C'est elle qui a la vue sur le précipice, moi, j'ai le nez sur la paroi. Ce trajet semble durer une éternité. Deux charmantes britanniques essayent de nous faire un brin de causette mais je n'ai pas les idées très claires et en perd mon anglais. Nous descendons enfin de cet engin pour monter à bord d'un véhicule tout-terrain qui nous conduit encore plus haut vers les cratères. Ouah, quel spectacle ! Tout est noir et pourtant le paysage est loin d'être désolé. Le froid est saisissant. Le guide nous invite à creuser un peu la lave pour découvrir des morceaux enterrés plus chauds. C'est assez surprenant. La marche continue et il nous demande d'avancer à la file indienne le long de quelques petits cratères secondaires fumants. Des étincelles jaillissent de l'un d'eux et l'odeur de soufre nous saisit, désagréable. Je suis subjuguée par ce phénomène volcanique, toutes ces couleurs dans le cratère. Ces roches menaçantes m'attirent. Le guide me rappelle à l'ordre et je suis priée de reculer. Nous ne pouvons pas circuler où l'on veut car la nuit dernière le volcan s'est réveillé et derrière nous, la zone est interdite. Si nous restons encore quelques jours dans la région, nous risquons d'avoir un beau spectacle. Pourvu qu'il se mette à gronder très vite. J'ai hâte de voir ces feux d'artifice !

De retour à l'hôtel, je n'ai plus trop le cœur à me balader. Nous sautons dans nos maillots de bain et nous précipitons à la plage devant Isola Bella. Après une bonne baignade, nous ne nous prélassons pas trop longtemps sur le sable car la ville nous appelle encore et encore. Nous ne voulons rien rater mais nous sommes fourbues. Tant pis, c'est reparti pour un petit tour dans les ruelles. J'ai l'impression que je ne me lasserais jamais d'un tel enchantement. Toutes ces émotions m'ont ouvert l'appétit. Nous nous asseyons sous un parasol, plus là pour retenir l'humidité que pour nous protéger du soleil couchant. Cette fois, c'est un espadon qui est au menu. Sacré morceau ! Une nouveauté gustative que mon palais ne regrette pas. Je craque encore pour une glace artisanale à la stracciatella.

– Un petit digestif ?

– Je rêve, tu veux un alcool ?

– On est bien ici, non ?

– Oui, tu as tout à fait raison. Et puis, je goûterais bien un petit sambuca…

Le garçon nous l'apporte solennellement sur un plateau.

– Oh, des petits grains de café...

Après une bouteille de vin blanc, inutile de confirmer, je suis un peu pompette... Oh, oh, je dois quand même faire gaffe. Je suis là pour le travail. Demain, dernière journée, je dois avoir la tête à l'endroit.

Ouf, j'ai pu assumer jusqu'au bout sans défaillir. L'air conditionné à lâché au milieu de l'après-midi. Une véritable étuve. Je reçois les remerciements de l'organisateur. Je n'ai donc pas été trop mauvaise. Génial, je pourrai revenir ! Mon boss va être satisfait. Pour une première, c'était un sacré défi !

Comme nous avons fini plus tôt, maman me propose d'emprunter le Chemin de Croix. Les nombreuses marches font escale à chaque station. Le tout dans un décor de rêve. Je m'imagine la marche des chrétiens sous un soleil de plomb et me rend compte de l'effort à fournir en ces veilles de Pâques. Nous poursuivons jusqu'à Castelmola où maman m'entraîne sur une toute petite place adorable, garnie en son centre d'un superbe olivier. Je veux sortir mon appareil photo pour immortaliser cet endroit magique.

– Merde, plus de pellicule.

– Super, nous aurons une excuse pour revenir.

– Ce serait génial, mais on emmènera tout le monde.

– Oui, des vacances de rêve au bord de la plage. Faudrait vraiment y penser avant que je ne sois trop vieille.

– Ça nous laisse encore pas mal de belles années devant nous.

Mon estomac réclamant une petite diète, il me suggère raisonnablement une salade italienne. Le serveur assez étonné de ce choix nous propose dès lors un antipasti. Pourquoi pas ? Nous voici avec un assortiment de mini-pizza et autres pains fourrés aux olives ou aux poivrons. Un délice. Il a dû nous mettre une double ration car nos plats sont énormes. Le chef a ajouté des tomates séchées et des aubergines marinées. Je suis au supplice mais quel régal !

Pour prolonger la magie sicilienne, nous décidons de rentrer à pied. Nous regardons une dernière fois les lumières se refléter dans la mer. Nous humons cet air frais et doux.

Incomparable. J'emplis mes poumons. J'ouvre grand mes yeux.

Je m'imprègne de cette Sicile maternelle.

TRENTE ANS

Une respiration rauque au milieu de la nuit.

La sonnerie du téléphone retentit au plus profond de mon sommeil.

Et à l'autre bout des râles.

Je crie, je veux une réponse.

Mais seul le silence me parvient et m'inonde d'angoisse.

D'effroi.

Mon sang se glace.

Je ne sais plus quoi penser. Jérémy me suggère de demander un nouveau numéro à l'opérateur et de nous mettre sur liste rouge. J'hésite. Comme un pressentiment. Quelqu'un aurait-il besoin de mon aide ? Et pourquoi moi ? Jérémy refuse de répondre. Il ne veut pas entrer dans ce qu'il pense être un jeu pervers. Le monde de la nuit est plein de détraqués. En voici un qui a trouvé notre numéro, et s'amuse. Malsain. Je trouve cette situation malsaine. J'ai l'impression de me trouver, non dans mon hall rassurant, mais dans une ruelle obscure et puante. Prévenir la police ? Ils vont trouver l'idée de Jérémy bien rassurante et ils tourneront les talons. D'autres chats à fouetter ma petite dame ! Je me surprends à attendre ces appels d'outre-tombe. Mon sommeil est saccadé. Je me réveille en loques. La tête à l'envers.

Ces matins-là, Clémentine me regarde avec des points d'interrogation plein les yeux. Son air chiffonné, qui en d'autres circonstances me ferait éclater de rire, m'extirpe de mon état second et m'oblige à retrouver mes esprits. Malheureusement, le résultat n'est pas toujours au rendez-vous. J'arrose ses céréales avec du café ou je tartine le pain avec du Nesquick… Je dois me reprendre pour Clémentine, pour Jérémy. Sa patience commence à s'émousser. Quand l'inconnu n'appelle pas, je soupçonne mon mari de l'empêcher de venir vers moi pour exprimer son malheur. J'ai déjà trouvé deux fois la prise téléphonique débranchée. Je ne peux pas lui en vouloir et pourtant… Je sais que la solution est ailleurs. Mais pourquoi suis-je tellement persuadée que l'inconnu veut de l'aide ? Et si c'était réellement un pervers qui prenait son pied ? Et pourquoi, je rentre dans ce jeu ?

Toujours ces râles au bout de la nuit.

Je guette d'autres sons.

Des frottements, des gémissements…

Des larmes, un rire…

Rien. Le silence.

Ces appels m'obsèdent et me désarçonnent. Je me sens impuissante et folle de rage.

Jérémy a enfin décroché. J'étais surprise de le voir me saisir la main pour m'empêcher d'attraper le combiné. Nous avons déplacé l'appareil dans la chambre pour ne pas réveiller Clémentine. Il contourne le lit et crache un « allo » menaçant. Il s'est tout de suite heurté au vide. Communication coupée. Il n'en fallait pas plus pour conforter Jérémy dans sa théorie du pervers.

– C'est toi qu'il veut désarçonner. Ta voix doit lui procurer du plaisir.

– Tu insinues quoi au juste ?

Il n'y a qu'un pas pour que je me sente dans la peau de la provocatrice. Jérémy s'énerve.

– Tu es certaine de ne pas avoir laissé traîner ton numéro quelque part ?

– Purée ! J'y crois pas ! Ce n'est pas un jeu et je n'ai vraiment pas envie de rire. Tu me prends pour quoi exactement ?

– Du calme, il faut retrouver notre sang froid. Cette situation est malsaine.

– Je n'arrive pas à croire ce que tu oses sous-entendre.

– Ecoute, je ne sais plus trop quoi penser. Il faut changer notre numéro de téléphone.

Je suis en colère. Je lui en veux.

– Tu ne comprends pas que je veux savoir qui appelle ? Pour quoi ? Pour qui ?

Le lendemain, un samedi, Justine débarque avec Chloé. Jérémy et Hugo emmènent les fillettes à la piscine. Nous avions prévu d'aller flâner dans les boutiques. Une nouvelle galerie d'art a vu le jour pas loin. Avant de partir, je lui propose un thé. Justine s'étonne.

– Un thé de grand matin ?

OK. Elle comprend au quart de tour. Comme elle voit que je ne sais trop par où commencer, elle se lance.

– Ça tombe bien, je voulais te parler depuis quelques temps : Je reçois des appels anonymes, toujours la nuit.

– QUOI ? QUOI ?

On dirait que je ne sais plus dire que ce mot : QUOI ?

De nouveau, elle a saisi.

– Toutes les deux. La nuit…

– Tilt ! C'est lui !

– Le Monstre…

– Il est revenu. Il a décidé de frapper…

Mes pieds me font mal. Je suis prise d'une nausée subite et cavale à la salle de bains. Justine se précipite à ma suite et arrive juste à temps pour me soutenir au-dessus de la cuvette. Nous retournons vaille que vaille vers le sofa et nous nous y effondrons. De la sueur froide me coule le long des tempes. J'essaye d'écouter les mots de Justine mais un affreux parasite a l'air d'avoir envahi mon conduit auditif. Je vois ses lèvres bouger. Sa bouche articule des sons, mais la connexion ne se fait pas. Justine me secoue gentiment et va me chercher ma tasse de thé. La menthe a eu le temps de refroidir et son goût me reste sur la langue. Elle me reprend la tasse des mains et la dépose sur la table basse.

– Tu vas tenir le coup ?

– Tu parles. J'ai l'impression de revivre mes cauchemars. Mais quel sale con. Pas foutu de parler. Il appelle pourquoi ?

– Je n'en sais rien. À moi, non plus, il n'a rien dit. Tu sais…

– Quoi ? Je t'écoute.

– C'est peut-être difficile à comprendre pour toi, mais…

– Oui ?

– Parfois, je me rappelle les bons souvenirs avec lui.

– Les bons souvenirs, tu rigoles ?

– Non, quand j'étais petite, il était plutôt sympa.

– Tu ne m'en as jamais parlé.

– Non, pour toi, ça ne doit pas avoir beaucoup de sens.

– Je ne sais pas, j'imagine que non.

– Nous avons passé de chouettes moments ensemble, avec maman, avant qu'il ne déconne. Aujourd'hui, avec tout ce qu'il s'est passé, j'ai l'impression que ce devait être dans une autre vie. Je ne comprends pas ce qui lui est arrivé.

– Ne me dis pas qu'il te fait pitié ?

– Non, enfin, si, dans une certaine mesure... Je suis perdue quand je pense à lui. Mais, rassure-toi, il n'y a plus d'amour. Juste un gros malaise.

– Il doit avoir une idée derrière la tête.

– Pervers comme il est devenu, l'inverse serait étonnant.

Et subitement, ce n'est plus une main que je vois, mais un regard. Bleu d'acier. J'arrive à demander à Justine si les yeux du Monstre étaient bleus. Je ne sais plus. J'ai tout oublié. Pourtant, j'ai vu ces photos. Celles de la boîte.

– Oui, Juju confirme. Bleus très clairs.

Ils auraient pu être doux. Ils auraient pu être aimants...

Et soudain, nous avons une révélation en même temps.

– S'il peut nous joindre... il sait où nous habitons ! L'horreur absolue.

Cette fois, Juju a l'air de perdre les pédales. Elle a peur pour Chloé. Pas pour elle. Elle l'a déjà affronté mais que va-t-il se passer s'il s'approche de sa fille ? De mon côté, j'ai toujours vécu cette angoisse. Clémentine. Jamais il ne posera ne fut-ce que ses yeux sur ma fille. Le scénario devient invivable.

– Impensable. Et si... Et s'il sait où nos filles vont à l'école ? Et s'il connaissait leurs endroits de jeux préférés ? Et s'il nous avait déjà suivies en rue ? Et s'il nous guettait Là, maintenant ? Justine se précipite à la fenêtre et scrute la rue.

– Derrière les arbres du square, à gauche. Quelqu'un... non, fausse alerte !

Nous n'en menons pas large.

Nous ne voyons pas le temps passer. Perdues dans nos pensées les plus troubles, de plus en plus sombres. Les garçons reviennent avec les petites. Elles se précipitent dans la chambre de Clémentine sans prêter attention à leurs mères prostrées sur les coussins. Nos hommes ont compris que quelque chose de grave était arrivé.

– Anna ?

– Non, maman va bien.

Justine se reprend la première et propose d'ouvrir un petit porto.

– Il nous faut un remontant !

Après leurs séances de natation, les garçons n'ont pas trop le cœur à avaler un alcool de ce genre.

– Mais pourquoi pas une bonne petite bière ?

– Vite disparus les bienfaits du sport !

Comment Justine arrive-t-elle à parler d'un air aussi détaché ? Après la coulée de lave dans ma gorge, je reprends tout doucement mes esprits. Nous faisons part de nos déductions en ayant un discours à peu près cohérent. Hugo et Jérémy en étaient arrivés à la même conclusion.

– Nous en avons discuté à la cafétéria de l'hôpital.

– Quoi ? Mais quand ? Mais alors, pourquoi tu m'as traitée de pute aguicheuse ?????? Bon, ok, j'exagère.

– Nous nous sommes retrouvés un soir de la semaine passée. Je t'avais prévenue que je rentrerais plus tard. Au dernier appel, j'ai été pris de court et j'ai essayé de m'en sortir d'une façon assez minable.

Il ne voulait pas que je pense au Monstre. Il lui semblait que le pire était passé. Mes cauchemars m'avaient abandonnée, j'avais l'air détendue. Le Monstre était une image du passé.

– Pourtant, tu sais que je panique pour Clémentine !

– Justement, je ne voulais pas en rajouter.

Le Monstre savait qu'il ne pouvait pas nous approcher. La justice en avait décidé à sa sortie de prison. Il avait l'air de s'en foutre et de vouloir braver l'interdit.

– Finalement, je ne sais pas si j'ai bien fait de vouloir absolument trouver le comment du pourquoi à ces appels.

– Si, Rose, sinon, nous n'en n'aurions peut-être pas parlé.

Maintenant, nous étions quatre et notre force allait avoir raison de cette malédiction. Pour Chloé. Pour Clémentine. Pour Juju, pour moi.

La nuit tombe. Nous éteignons les lumières et je me blottis dans les bras de Jérémy. Je sais qu'il va appeler mais je suis prête. Le sommeil ne me gagne pas. La respiration de Jérémy devient plus régulière... Je garde les yeux ouverts. Des ombres dansent sur le mur en face de moi. Je les connais. Elles me tiennent souvent compagnie. Cette fois, elles ne m'hypnotisent pas. Je me retourne et approche la main. Je sais qu'il est là. Ni une, ni deux, la sonnerie retentit. Macabre. Je ne prends pas la peine de laisser sa respiration arriver jusqu'à moi.

– Je sais qui tu es. Tu ne me fais plus peur.

C'est tout.

Je raccroche.

Je sais que c'est fini.

Du moins pour un temps.

Je retourne me blottir dans la chaleur de Jérémy.

TRENTE-DEUX ANS

Ce matin, j'ai reçu une lettre.

– Dingue, je n'en reviens pas.

Des insultes à peine voilées. Des mots crus d'une méchanceté crasse. La missive fait référence à des événements de mon adolescence. Un épisode que j'ai enfui depuis longtemps. Un de trop. Quelque chose dont je n'ai jamais parlé à Jérémy.

Jamais je ne m'étais sentie aussi mal que ce jour-là. Je n'avais rien vu venir. Elle frimait, belle comme un cœur. La coqueluche de la cour de récré. On la surnommait Mademoiselle Sissi. Elle prenait tout le monde de haut sauf moi. J'étais sa confidente. Sans doute parce que je ne représentais pas un obstacle à sa gloire. J'étais plutôt du style à passer inaperçue. Elle, elle avait les moyens de s'offrir des toilettes à se damner. Coiffée comme une diva. Maquillée impeccablement. Rien d'ostensible. Juste LA perfection. Les garçons la dévoraient des yeux. On aurait dit des chiens assoiffés avec la langue qui pend jusqu'à terre. Elle s'en amusait. Elle les faisait marcher ou plutôt tourner en bourrique. Mais impossible de lui voler un baiser. Elle gardait ses admirateurs à distance. Ce n'était pas une « Marie couche-toi là ». A la pause déjeuner, nous avions bien du mal à nous retrouver à deux. Je ne cherchais pas particulièrement sa compagnie. J'avais envie de retrouver Zoé. A cette époque, la situation était difficile pour moi. Mademoiselle Sissi exerçait, sur moi, une espèce de fascination. J'avais du mal à m'en détacher et pourtant, je me sentais souvent mal à l'aise seule avec elle. Avec Zoé, nous avions une bande de copains et nous nous entendions comme larrons en foire. Heureusement, cette bande m'a aidée à rester moi-même. Les jours de congés scolaires, je retrouvais toute la bande et nous nous éclations à fond.

Toutes les confidences de Mademoiselle Sissi, je les recevais comme on boit à une source miraculeuse. J'étais persuadée qu'elle détenait la recette de l'Amour. Oui, bon, j'étais naïve. Ce n'est que quelques mois plus tard que j'ai rencontré Jérémy. Mais, là, je buvais littéralement ses paroles. Elle avait une voix mélodieuse qui donnait encore plus de crédit à ses mots. Elle pouvait parler pendant des heures entières de l'amour sans que je n'intervienne une seule fois. J'étais SA disciple. Mais pourquoi n'avait-elle pas d'amoureux ? Pourquoi ne pas mettre en pratique tous ces beaux discours ? Ça commençait à me titiller...

Finalement, je me suis lassée de ses grandes tirades. J'avais l'impression, tout d'un coup, que tout sonnait faux. Etrangement faux. Comme depuis un certain temps, je ne l'écoutais plus qu'à moitié, je n'ai pas capté LE signal. Un jour, son ton est devenu plus acerbe. Plus mordant. Presque virulent. Les mots aussi étaient différents. Il n'était plus question d'amour mais de trahison. Quoi ? J'avais loupé quelque chose d'essentiel. J'étais bien trop réservée, toujours sous son emprise pour lui poser des questions. Ses yeux n'étaient plus si clairs. Une larme semblait toujours scintiller. Je voulais m'éloigner d'elle, retrouver la simplicité de mes quatorze ans. L'âge où tout est encore possible. Si elle ne pouvait plus m'apporter cette belle vision de la vie, pourquoi, devrais-je encore l'écouter. Un midi, j'ai refusé de la suivre comme un toutou à sa mémère. J'ai pris mon courage à deux mains et suis partie retrouver mes vrais copains. Waouh, Zoé n'en revenait pas. J'avais osé franchir la ligne. Sortir de la bulle dans laquelle je me sentais de plus en plus à l'étroit. J'avais enfin agi! Mademoiselle Sissi n'a pas eu l'air très contrariée ni même touchée par ce départ. Pensait-elle que j'allais revenir ? Une chose est certaine, elle n'a fait qu'une bouchée de Camille. Moi, j'ai continué ma route, soulagée de cette séparation. Je me sentais plus légère.

Jusqu'au jour où.

Ce fameux matin, Mademoiselle Sissi n'a pas fait d'entrée remarquée dans la cour de l'école. Camille était-elle là ? Je ne m'en souviens plus. Très vite la rumeur a circulé. Le bruit est monté pour devenir une vérité prononcée par la bouche du directeur.

– Vanessa de Lumailles ne viendra plus en classe.

Silence. Il cherchait ses mots. Adopter le bon ton. Trouver la parole juste. Définitive.

– Vanessa s'est donné la mort, hier, en rentrant de l'école.

Je me suis sentie basculer en arrière. Un grand de rétho m'a rattrapée avant que je n'atterrisse sur les dalles mouillées. Je n'entendais plus rien. Le directeur semblait avoir terminé son laïus. Zoé s'est précipitée à mes côtés.

– Comment c'est possible ? Pourquoi ?

Tant de questions, de flashs me foudroyaient. Je n'avais plus parlé à Mademoiselle Sissi depuis plusieurs semaines, voire, peut-être des mois. Nous étions au printemps, le ciel était gris et il bruinait. Mais les beaux jours allaient revenir. Vanessa allait de nouveau rayonner. Non. Elle n'était plus là. ELLE n'était plus. Nous nous étions séparées sans heurts. Jamais elle ne m'avait lancé un regard de reproche.

Non, je n'étais pas responsable.

Alors, pourquoi cette lettre. Pourquoi maintenant.

Dix-huit ans déjà. Depuis combien d'années n'avais-je pas pensé à Vanessa ?

La personne qui m'avait écrit souhaitait-elle ressusciter la mémoire de Vanessa ? Quel était le message ?

En sortant de la voiture, j'ai parcouru dans le froid les quelques mètres qui séparent la grille du cimetière de sa tombe. Peut-être en allant me recueillir auprès d'elle, j'aurais un semblant de réponse. J'avais l'impression que mes pas faisaient un boucan d'enfer. Les graviers crissaient sous mes semelles. J'ai tout de suite remarqué une silhouette agenouillée devant le marbre. Je suis restée en retrait, respectueuse de la prière de cette jeune femme. Son visage m'était caché par une capuche tombante. Doucement, elle s'est levée. J'étais prête à m'excuser et à m'en aller quand elle s'est retournée.

– Camille !

En voyant son regard, j'ai compris.

– La lettre, c'est toi qui l'as rédigée !

Je n'ai pas reculé. Je lui ai fait face et toute sa souffrance a éclaté.

– Oh, oui, je savais que la lettre te ferait venir jusqu'ici.

Elle m'attendait. Elle a continué à déverser toute sa haine à mon égard. Je l'ai priéée de se taire d'un geste.

– Pas question de s'engueuler dans un tel lieu.

– OK.

Nous sommes sorties à bonne distance l'une de l'autre. Nous avons poursuivi notre chemin en silence jusqu'à atteindre un bosquet dénudé. Elle s'est agrippée à moi. J'ai dû la repousser violement pour me défaire de ce contact. J'ai adopté ma tactique habituelle. Je l'ai laissée parler. Vider son sac. Finalement, j'ai saisi. Elle voulait se décharger. Me transmettre son propre sentiment de culpabilité. Le seul moyen qu'elle avait trouvé était de m'impliquer dans ses tourments.

– Après toutes ces années, tu n'as toujours pas pu rompre le lien avec Vanessa ?

– Te mêle pas de ça !

– Sorry, mais je ne veux pas tout porter ce que tu viens de me déverser sans réagir.

– Tu n'es pas psy que je sache, alors, fous-moi la paix.

– C'est toi qui est venue me chercher.

Je suis anéantie.

– Je ne peux rien pour toi. J'ai mes propres démons et je ne porterai pas les tiens.

– Ben voyons, tu n'en as rien à faire de Vanessa ?

– Faux. Mais c'était il y a dix-huit ans. Tu dois sortir de là, Camille.

– Tu ne comprends pas que je ne sais pas l'oublier.

– Si, j'ai bien compris, mais ce n'est pas à moi que tu dois t'adresser.

J'ai réellement de la peine pour elle. J'ignore comment elle s'en sortira. Camille a une famille. Elle m'a dit avoir des enfants. J'espère qu'elle trouvera son salut auprès de siens.

TRENTE-QUATRE ANS

Depuis plusieurs mois Zoé a pris l'habitude de débarquer à l'improviste, ou presque, à la maison. Un appel deux minutes avant son arrivée et hop, la voilà ! Toujours souriante avec un plan foireux à proposer. Cette nana est une vraie bombe d'énergie positive. Je ne sais pas où elle va chercher un tel dynamisme mais, quand elle est là, pas moyen d'avoir le moral en berne. C'est grâce à elle que j'ai repris le jogging. Après la naissance de Mathias, les rondeurs avaient tendance à s'installer. Quand nous trottinons, elle n'arrête pas de jacasser. Toujours légère, une anecdote croustillante à raconter. Jamais rien de bien méchant. Je pense que Zoé est la fille la plus adorable au monde. Incapable de dire du mal d'une mouche. Le plus amusant, est de l'entendre rire de ses histoires. Dès les premiers mots, elle est déjà partie dans des éclats de rire à se décrocher la mâchoire. Je ne résiste pas longtemps à ces récits. Le souci : le point de côté inévitable qui me fait stopper net. Impossible de courir en riant. A me voir dans cette situation, elle est pliée en deux. Quel diablotin ! Nous ne devons pas parcourir des mille et des cents, mais qu'est-ce qu'on s'éclate ! En rentrant de ces footings, je suis crevée comme si j'avais réalisé les vingt kilomètres de Bruxelles.

– C'est l'objectif à atteindre, ma grande.

– Dans tes rêves ! Jamais, je ne serai à la hauteur.

– Mais si, mais si. Allez, hop, hop, hop !

Ce matin, elle pète la forme. Pas le temps de lacer mes baskets qu'elle sautille déjà dans tous les sens.

– Tu t'es coiffée comme une jeunette.

– T'aimes ? c'est sympa, non ?

– T'as l'air d'avoir quinze ans, ça te va bien. Moi, j'aurais l'air d'une tarte.

– C'est sûr, toi, t'es bien trop sérieuse, Madame l'interprète en chef.

– C'est ça, fous-toi de moi.

Pendant que je me prépare, elle attrape sa filleule, Clémentine, et l'emporte dans une valse. Mathias tend les bras et veut être de la partie. Elle le place sur ses pieds et il s'agrippe à ses jambes. Et la ronde repart. Quel spectacle ! Jérémy a sorti le caméscope. Finalement, je suis enfin en tenue complète de future marathonienne. Zoé s'écroule dans le canapé avec les enfants.

– Quelle belle danse, les z'amis ! Allez, je vous laisse, je vais faire courir votre mère.

– On peut venir aussi, maman ?

– Venez avec papa, on va à la plaine de jeux, pendant que ces dames s'épuisent. Nous, on va bien s'amuser.

Une astuce pour admirer nos foulées.

– Si tu vas à la plaine, demande Zoé, préviens Victor, il vous rejoindra sûrement avec Zora.

Allez hop ! Toute la petite troupe est en route ! Jérémy n'a pas envie de s'encombrer de la poussette et décide de porter Mathias. Clémentine gambade à nos côtés. Nous nous séparons à l'entrée du parc et notre course démarre. Zoé devient bien silencieuse. Je la regarde du coin de l'œil et je remarque que son minois n'est pas aussi souriant que tout à l'heure. Et soudain, le couperet tombe :

– Zora est malade. Une leucémie.

Je trébuche et m'étale de tout mon long sur les gravillons. Ce ne sont pas mes mains écorchées qui me font mal et me donnent envie d'hurler. Mon cœur va exploser. Zora ! Le bout de chou tant aimé de Zoé et Victor. Zora leur perle, leur joyau. NON ! Je reste muette de stupéfaction.

– Et merde.

J'aimerais trouver les mots de réconfort. Ceux qui aideraient, qui soutiendraient, qui porteraient Zoé. Ceux qui enlèveraient loin de Zora cette infecte maladie. J'arrive à me relever tant bien que mal et serre très fort mon amie, ma tendre amie dans mes bras.

– Ça va aller, t'inquiète.

– Le toubib nous a donné les résultats il y a dix jours. Depuis, inutile de te dire qu'on ne dort plus. On passe un temps fou à la contempler dans son sommeil.

– Il a dit quoi, le toubib ?

– Forme chronique. Ça mettra du temps à évoluer mais il ne sait trop donner de délais.

– Et le pronostic ?

– D'après lui, elle devrait s'en sortir s'il n'y a pas de complications.

– Ça va aller, il faut y croire. Zora est pleine de peps.

– De moins en moins, malheureusement. Mais bon, on s'accroche. Il faut se battre avec elle.

– Tu sais que je suis là. N'importe quand, tu appelles, tu viens, je viens. Bref, t'hésite pas.

– Je sais et je le ferai sûrement.

Elle sait qu'elle n'aura pas d'autres enfants. Zora est tout pour elle, pour eux. Je retiens mes larmes. Une boule immense m'empêche de respirer. J'ai l'impression de suffoquer. Moi, je dois être à la hauteur pour Zoé. Je savais que la petite passait des examens de plus en plus fréquents à la clinique. Zoé ne voulait pas m'inquiéter. Elle toujours si discrète. Elle était loin de s'attendre à un tel résultat. Les médecins l'ont tout de suite orientée vers l'Hôpital des Enfants. En allant voir les différents spécialistes, elle a croisé des enfants sans cheveux (certains étaient d'une extrême pâleur), mais aussi les regards hagards, perdus, des mamans et des papas. Zoé et Victor s'accrochent. J'en fais tout de suite autant. Zoé refuse de se projeter dans l'avenir. Zora est bien encadrée.

– Pas de séjour prévu à l'hôpital pour le moment.

– C'est déjà ça. Je me rends compte de la banalité de mes mots, mais j'accuse le coup.

La petite continue à aller à l'école.

– S'il le faut, je m'organiserai pour rester avec elle.

– Pour l'instant, ça ne se présente pas.

– Non, on verra. Mais c'est le cadet de mes soucis.

– Comment va-t-elle ?

– Pour l'instant, Zora est simplement plus vite fatiguée. Elle a tendance à perdre un peu l'appétit mais ses joues sont encore roses. On a reçu un protocole très strict de prises de sang à réaliser. Les visites chez l'oncologue sont planifiées pour les deux mois à venir. Tout est surveillé de près. Zora ne se doute de rien mais elle appréhende les prises de sang.

– Si tu veux, je suis certaine qu'Hugo pourrait s'en charger.

– Ce serait super.

– Je lui en parle tout à l'heure.

– Tu sais bien que je n'aime pas trop demander services aux gens, mais là…

– Hé, mais il n'y a aucun souci. Hugo te connait et il adore Zora. Ça se passera très bien, tu verras. Zora sera en confiance et si elle peut éviter les hôpitaux, autant en profiter.

Je suis soulagée de pouvoir apporter, d'emblée, une petite aide à mon amie.

– Je lui en serais vraiment reconnaissante…

– Eh, pleure pas, on est tous là pour ta puce.

Je ne me suis pas rendu compte qu'en discutant, nous continuions à avancer. Je sens un regard posé sur moi et me retourne. Nous avons presque atteint, sans le vouloir, les toboggans et autres balançoires. Jérémy est en compagnie de Victor et je vois, à son air inquiet, que les deux hommes ont discuté de Zora. La petite profite de cette belle matinée juchée sur un petit cheval à ressort. Elle rit aux éclats, loin, bien loin de se douter des épreuves qui l'attendent.

Pourquoi Zora ?

TRENTE-CINQ ANS

Pim, pam, poum... je dégringole dans l'escalier et me prends les pieds dans mes lacets. Merde, le camion de poubelles et là et je vais le rater. J'ai encore oublié de descendre les déchets ménagers hier soir. Trop crevée après cette journée de dingue. Je laisse tout en plan et je fonce vers la porte d'entrée.

– Encore un abruti qui l'a fermée de l'intérieur.

OK, c'est le règlement, mais il y a des jours où c'est vraiment chiant. Je n'ai pas mes clés. Je vais frapper à la loge de la concierge qui a tout suivi de loin et qui rit gentiment. Madame Irma, ben oui, ça ne s'invente pas, connaît mes fâcheuses habitudes.

– Tiens, attrape, tête de linotte.

– Merci, vous me sauvez.

– Tout de suite les grands mots.

– Non, j'vous jure, j'suis à la bourre.

– Vas-y plutôt que de jacasser.

– Euh, oui.

Elle me lance son trousseau de clés que je rattrape au vol. J'ouvre enfin cette porte bien lourde et je j'agite les bras en direction des éboueurs. Ah, mon copain David m'a vue ! Il se plante à dix mètres de moi et croise les bras sur sa grosse bedaine. J'esquisse un gentil sourire et je retourne en moins de deux chercher les sacs.

– Tatata !

Je les brandis fièrement au bout des bras. Ouf, j'y suis. Sinon, l'odeur de pourriture empesterait l'appart pendant les vacances. Je dépose les clés à Madame Irma qui me gratifie d'un large sourire. Je remonte, déjà essoufflée par ma gym matinale. Je vais finir par rater ce train. Pourtant, il me semblait que j'étais bien organisée. La veille, j'ai bouclé ma dernière petite valise et ma trousse de toilette. Jérémy est descendu dans le sud de la France rejoindre ses parents. Pas de chance pour moi, j'ai dû, en dernière minute assurer l'organisation d'un séminaire. Une bande de BCBG en costume-cravate Armani qui débarque à l'hôtel Conrad.

Tu parles d'une galère. Je ne supporte pas ce genre de type suffisants, imbus d'eux-mêmes. Beurk, basta. Non seulement, je me suis chargée de la traduction de leur réunion, mais en prime, j'ai dû les accompagner avec mon boss, pour leur soirée, toujours aussi pédante. Inutile de signaler que je n'avais rien à me mettre. Après discussion à l'arraché avec la direction, j'ai obtenu la location d'une tenue adéquate qui « sied à la situation ». Ça veut dire quoi, au juste ? Quand il le faut vraiment, j'opte pour un petit tailleur jupe ou pantalon. C'est déjà une concession sur ma garde-robe plutôt cool. Enfermée dans ma cabine de traduction, j'ai rarement un contact direct avec les participants. Mais là, je n'y coupe pas. Quel bol ! J'en ai été quitte pour une petite robe noire bien ajustée (avec culotte ventre plat !) de chez Nathan, et des escarpins à talons aiguilles. Ceux-là, j'ai pu les acheter mais je sais que je ne les rechausserai pas. Société de consommation à la noix. Je les revendrai dans une boutique de seconde main. Il paraît que ce sont des chaussures de marque, donc avec un peu de chance, tout ne sera pas perdu.

Je me suis donc coltinée Paolo, Ricardo, Alfredo, et tous les O snobinards d'Italie toute la soirée. Je pense qu'ils me prenaient pour leur escort girl. Le comble. Heureusement, mon patron, accompagné de son épouse, gloire à elle, a très vite mis les choses au point. Ils ont battu en retraite la queue entre les jambes. A table, nous étions judicieusement placés. Un O à droite, un O à gauche, un O en face, mais juste à côté, Solange, l'épouse de Monsieur le directeur. Nous nous sommes échangé plus qu'un clin d'œil pendant ces heures interminables. Le vin était doux, un Montepulciano pour plaire à ces messieurs. Seul point positif du dîner. Mais à mon grand désespoir, je ne devais pas en abuser. Je n'étais pas en Toscane avec mon mari mais bien à un dîner professionnel. Je devais donc garder toute ma lucidité. Et vas-y que je te montre des photos de ma nouvelle voiture (Ferrari, Maserati ???), et mon fils Ricardo (encore un O) qui entre à la prestigieuse école machin, et la piscine prête dans quinze jours dans ma villa au bord de la mer truc. Ravie de ne pas avoir croisé des oiseaux pareils (insulte pour les volatiles) en Sicile. Ceux-ci, ils viennent de Naples. Ils pètent plus haut que leur cul, sûrement coincé dans un boxer… Armani, c'est le seul couturier italien de ma connaissance. Bref, je n'ai jamais autant apprécié l'arrivée d'un limonchello. Moi, qui ne suis pas très alcool, j'ai avalé mon verre en deux secondes. Et hop, derrière les oreilles. C'est bon ? On peut y aller ? Dis boss adoré, je peux sortir de table ? Il a remarqué que j'étais à bout car il m'a excusée auprès de ses partenaires de tablée en me souhaitant une bonne nuit. Ouf, je respire... Ciao tuti mondi ! Voilà, donc pourquoi, hier, j'ai oublié les poubelles.

Je vérifie que tout soit bien fermé : gaz, eau, fenêtres… OK. J'empoigne ma valise d'un air plus que décidé et redescends les escaliers (là, je suis contente de n'avoir qu'un petit bagage) et me dirige d'un pas alerte vers ma voiture.

– Mince, où l'ai-je garée hier ?

Halte, il faut réfléchir.

– Tilt, devant la boulangerie. A droite, toute !

Pas besoin d'ouvrir le coffre. Tout tient sur le siège arrière.

– Tiens, Mathias a oublié son doudou. J'en connais un qui aura passé trois mauvaises nuits… Je le glisse dans mon sac à mains, endroit sûr pour y penser. Et là ? Boum. J'ai oublié la pochette avec mon ticket de train.

– Merde de merde.

Je démarre en trombe et m'aligne en double file, tous clignotants allumés.

– Pas de PV s'il vous plait !

Je remonte les marches quatre à quatre. Me précipite vers la commode de la chambre.

– Pas une place idéale pour ranger des billets de train…

Je repars à contre-sens. Oups, je remets le contact. Je m'avance dans la circulation.

– Zen, rester zen. La gare n'est jamais qu'à l'autre bout de la ville.

Et là, je m'injurie.

– Pourquoi n'ai-je pas pris le métro, J'ai la tête complètement à l'envers. Je n'aurai jamais ce foutu TGV.

Il faut croire qu'une blondasse quelconque m'a entendue, car elle décide de bloquer la rue pour effectuer un créneau. Mouais, je vois un L sur la vitre arrière.

– Je sens que c'est mon jour de chance. Allez, vas-y, un peu plus à droite le volant. Non, là t'es mal barrée. Et on recommence. Pas mieux.

Elle n'a pas vu les piquets pourtant bien visibles, sur le trottoir.

– Et une bosse dans la belle carrosserie de maman ! Ben oui, prends ton temps, examine les dégâts.

TUUUUUUUUT ! Je me manifeste et klaxonne comme une furie. C'est que j'ai du sang italien, moi ! Tout d'un coup, elle semble prendre conscience qu'elle gène un tout petit peu le passage. TUUUUUUUUT ! Allez ouste ! Je brandis mes tickets, signal d'urgence. Un petit O se dessine sur son visage. Elle remonte toute catastrophée dans sa petite voiture jaune et repart. Elle en oublie donc de se parquer. Heureusement, nous sommes en période de congés scolaires et les boulevards sont un peu plus dégagés. Un coup d'œil au cadran et mon cœur s'accélère. Il faut encore que je trouve un emplacement.

– Je n'y arriverai jamais. Mais pourquoi ai-je pris la voiture ???

Tant pis, c'est débile, mais je n'ai pas le choix. J'arrive devant chez Justine. Une place à l'horizon. Je m'y faufile. Facile un créneau ! Je laisse mes clés dans la boîte aux lettres. J'appellerai ma sœur plus tard. Le métro est au bout de la rue. Je cours, je cours... Du monde sur la rame. Le métro arrive ! Je me laisse tomber sur la banquette. Et re-merde, je n'ai pas pris de tickets. Les agents m'attendent-ils prêts à me passer les menottes ? Je prends un air très dégagé. Je n'ai pas l'habitude de frauder, mais là, dans la précipitation... J'arrive enfin à la station. Et là, surprise, ils sont là, les agents de sécurité. Hum, comme je les aime. Ce sont mes amis. Si, si. Des cris retentissent sur le quai d'en face. Une bagarre ? Oui ! Une bonne bagarre va créer la diversion ! Ils attendent un peu. Pas trop envie d'aller se mêler à la racaille. Mais bon sang, messieurs, c'est votre boulot ! J'ai bien envie de les secouer. Mais, si je fais une remarque, c'est moi qu'ils embarqueront. Pas prendre de risques inutiles. Je décide d'adopter la même attitude. Je regarde donc les gamins se taper dessus sans bouger. Le chien des agents commence à s'énerver. Il aboie. C'est bon signe. Ils vont bouger. OUI ! Ils se mettent en marche ! Sauvée ! Je suis sauvée ! Merci les gars ! Plus de temps à perdre. Le terminal pour les trains à grande vitesse est encore bien loin. Cette gare ne m'a jamais parue aussi grande. Les annonces au micro se font insistantes.

– Plus vite ma vieille !

C'est reparti pour un dernier sprint. Des grandes foulées bien régulières.

– Vive les chaussures plates !

Pas le temps de repérer le numéro des voitures. Je grimpe dans le premier wagon accessible. Les portes se referment derrière moi.

– Purée, j'ai eu du bol !

Je vais droit au compartiment restaurant. J'ai besoin d'un grand verre d'eau fraîche. Merciiii ! Les vacances peuvent enfin commencer. Je me hisse sur un tabouret, et qui se trouve dans mon champ de vision ? Un O ! Porca miséria !

TRENTE-SIX ANS

– Jérémy, Justine m'invite au restau ce soir.

– En quel honneur ?

– Aucune idée, elle souhaite passer la soirée avec moi.

– J'invite Hugo ?

– Non, il bosse.

Je retrouve Justine à la pizzeria du coin. Quand j'arrive, elle est déjà installée à une petite table au fond de la salle. Ça fait un petit bout de temps que je n'étais plus venue ici. Nous nous y rendions souvent toutes les deux, avant mon mariage. Nous aurions dû continuer ces sorties entre sœurs. Je ne me souvenais pas que l'éclairage était aussi chiche.

– Coucou ma belle.

– Coucou Juju. C'est une bonne idée de revenir ici. Nous en avons des souvenirs.

– Oui, c'est sûr. Nous pourrions écrire un roman sur tous les serveurs et leurs salamalecs.

– C'était génial. Nous devrions essayer de nous faire une petite bouffe ensemble, plus souvent.

– Tu as raison, Rose. Mais le temps passe, tu sais bien comment ça tourne. Tu es débordée et moi de plus en plus crevée.

– Tu devrais peut-être ralentir le rythme. Votre maison est payée, tu pourrais, peut-être travailler moins.

– C'est prévu.

Je lui trouve, soudain, un air un peu patraque. Justine ne me laisse pas le temps de la questionner et appelle le garçon. Elle nous commande d'autorité une bonne bouteille de Fiore Del

Mare. Un silence s'installe. Je suis de plus en plus perplexe. Ça ne lui ressemble pas. Heureusement, le vin blanc arrive assez vite et nous délivre de cette situation embarrassante.

– Je lève mon verre à ma grande sœur !

– A la tienne, Rose.

– A nous !

– ...

– Qu'est-ce qui se passe ? Tu n'as pas l'air dans ton assiette.

– Si, si. Ne t'inquiète pas. Parle-moi plutôt de toi.

J'éprouve du mal à lui raconter les dernières péripéties de Clémentine et Mathias. J'essaye d'embrayer sur sa vie, mais elle élude le sujet. Nos entrées arrivent et j'ai la nette impression que Justine me cache quelque chose. Elle n'a pas son enthousiasme coutumier. Elle chipote les scampis du bout de sa fourchette. Je n'ose plus trop la regarder. Soudain, j'ai peur.

– Tu sais, Rose, je n'en peux plus de travailler dans cet institut. Les malades sont charmants, mais c'est usant.

– C'est sûre que la maladie d'Alzheimer ne doit pas être simple à vivre tous les jours.

– Oui...

– Tu travailles là-bas depuis combien d'années ?

– Bientôt trente ans. Mais ce n'est pas ça.

– Qu'est-ce qui se passe,

– J'ai vu le Docteur Lenoir, la semaine dernière.

– Ce n'est pas ton généraliste.

– C'est un neuro.

– ...

– Les tests sont formels : je suis atteinte d'Alzheimer.

– Oh, mon Dieu.

– Comme tu dis. Je t'avoue que j'ai la trouille.

– Mais, tu es encore toute jeune.

– Tu y repenseras dans quatorze ans. En attendant, je ne vieillirai pas tranquillement. Je n'aurai pas une retraite heureuse auprès d'Hugo.

– Attends, ça ne veut pas dire que tu vas te retrouver dans une institution.

– La forme d'Alzheimer que j'ai ne laisse aucune place aux doutes. Je suis mal barrée.

– Tu as vu un autre spécialiste ?

– C'est le meilleur. Hugo a montré les résultats à d'autres neuros de Saint-Luc…

– Purée, mais ce n'est pas possible. Pas toi !

– C'est la loterie. Il faut croire qu'à notre naissance, nous avions toutes les deux tiré les mauvais numéros. Toi, tu as eu ton lot avec le paternel, et moi…

– Tu ne vas pas comparer les deux. Tu en as aussi bavé quand tu étais petite. Mais là, c'est différent. C'est une MERDE.

– Tu l'as dit.

Justine esquisse un faible sourire.

– Tu as encore plein de belles années devant toi, faut t'accrocher.

– On verra. Pour le moment, je suis plutôt paumée.

– Tu parles d'un choc... purée…

– Ne pleure pas, Rose.

– Non, non... Excuse-moi.

Un mouchoir, vite un mouchoir.

– Une chose est sûre, je ne veux pas que maman le sache.

– Comment veux-tu lui cacher ça ? Tu sais bien qu'elle devine toujours tout.

– Maman ne tiendrait pas le coup. Elle est de plus en plus fragile. Son cœur n'est pas au top de sa forme. Je refuse de l'inquiéter.

– OK, je tiendrai ma langue.

– Je sais que je peux compter sur toi.

– Et Chloé, elle est au courant ?

– Oui. Elle est complètement révoltée. Elle sait que j'allais t'en parler ce soir. Elle risque de débarquer un de ces quatre.

– Pas de souci.

– Hugo est aussi dans un sale état. Je lui ai proposé de sortir avec Jérémy ce soir, mais il préférait rester seul. J'ai peur qu'il s'isole de plus en plus quand je ne serai plus là.

– Mais je croyais qu'il bossait… Quoi, quand tu ne seras plus là ? Tu n'es pas encore partie !

– …

– Quoi ?

– Ecoute, je ne veux pas vieillir comme ces gens que je croise tous les jours.

– Non, mais tu ne sais pas comment tu seras.

– Je ne me fais aucune illusion. Je ne veux pas devenir un légume et oublier tous mes beaux souvenirs. Tu m'imagines, ne me rappelant plus du nom d'Hugo, de Chloé ou le tien, celui de maman. Ne me rappelant plus tous nos beaux moments, comme ceux passés ici. Non, pas question.

– Ça veut dire quoi ? Tu me fais peur Juju.

– Je ne sais pas, mais je ne serai pas un légume sans souvenirs.

Pas ma sœur. Pas Juju !

TRENTE-SEPT ANS

Petit à petit, je retrouve mon amie. Zora vit une belle période de rémission, et tous les espoirs sont revenus. Pour le moment, au revoir les seringues et autres visions de blouses blanches. Zora retrouve des couleurs et, par la même occasion, Zoé se permet à nouveau quelques sorties. Cette après-midi, shopping entre nanas ! Clémentine, du haut de ses douze ans veut nous accompagner.

– Allez, maman, t'as dit entre filles !

– Mais non, non ! Entre grandes nanas !

– C'est toujours la même chose. Tu veux jamais que je vienne avec vous.

– Ben voyons.

– Je suis sûre que Zoé, elle veut bien.

– Désolée de te décevoir, mais cette sortie, je l'ai promise à ta maman.

– C'est une conspiration !

– T'as pas bientôt fini ton cirque ?

– Ecoute, Clémentine, si tu veux, on ira au ciné toutes les deux samedi prochain.

Là, elle ne sait plus trop quoi dire. Zoé a bien visé, le ciné, elle adore.

– Bon, d'accord.

– Cache ton enthousiasme.

– Tu pourrais remercier Zoé.

– Merciiii, je suis contente. C'est mieux que les magas.

– Regarde le programme et dis-moi ce que tu as envie de voir. Il faudra que je me prépare…

C'est vrai qu'elles n'ont pas vraiment les mêmes goûts.

Nous avons décidé de prendre tout notre samedi pour nous gâter. Rien que du positif en perspective. Nous nous sommes mises d'accord pour nous habiller comme des vraies dames que nous sommes, et d'oublier les jeans et escarpins. Avant de s'enfiler les boutiques, rendez-vous pour un massage indien aux huiles douces et parfumées. C'est la première fois que je me rends dans un tel établissement et j'ai quelques appréhensions. Heureusement, j'ai perdu quelques kilos superflus, et j'ai déjà moins la hantise de me montrer en maillot de bain. Pour être au top dans mon petit bikini rikiki, je suis passée chez l'esthéticienne. Encore une première. Même pour ma nuit de noce, j'avais opté pour une épilation maison. Mais là, je ne sais pas. L'envie de faire les choses en grand. Nous voici donc parées pour la journée. Je dois dire que Zoé me surprend. Elle a opté pour une jolie robe très sexy, et est passée chez le coiffeur ! Ça ne lui était plus arrivé depuis des mois. Elle est sublime ma Zoé avec son balayage et son dégradé sauvage. Waouh ! Quel effet ! Mais bon, je ne me trouve pas trop mal non plus. Ce matin, en me regardant dans ma psyché, je me suis plu. Et ça, ce n'était plus arrivé depuis un temps mémorable ! Mon nouveau pantalon en lin me va à merveille et je l'ai assorti d'une petite veste en cuir couvrant juste un petit top léger. Et cette fois, pas de culotte ventre plat ! Nous nous prenons par le bras et entamons notre périple le cœur léger. Nous pourrions presque sautiller comme des gamines. Mais, aujourd'hui, nous sommes des reines !

A l'entrée du salon de beauté, je repère le petit air ingénu de Zoé. Ah ! OK, elle était déjà venue.

– Pour tester.

– Ben voyons.

– J'avais trop peur que ma copine coincée n'apprécie pas les soins corporels.

– N'importe quoi. Coincée, non mais, et puis quoi ? Et puis je ne vois pas le rapport, c'est juste un massage.

Du Zoé tout craché. Etre sûre de faire plaisir. Nous voici donc installées sur une table, ambiance tamisée, senteur de santal, musique zen. Deux dames charmantes sont là, et s'imprègnent les mains d'une huile au parfum délicat. Zoé me fait un clin d'œil et un sourire s'épanouit entre ses oreilles. Elle me murmure :

– Non, c'est raté ma vieille, ce ne sont pas des beaux mâles torrides...

Je dois me retenir pour ne pas pouffer de rire. Ces jeunes filles feront parfaitement l'affaire. Je suis tellement détendue, que je sens mon esprit voguer. J'ai une envie folle de me laisser bercer par ce doux va et vient de ma masseuse d'un instant. Je me sens planer... Le charme est à peine rompu quand arrive le moment de se retourner. Je garde les yeux fermés et me laisse imprégner de ces nouvelles sensations. Je suis trop bien… et si nous restions ici toute la journée ?

– Oh non, déjà fini ? Encore un peu.

– J'étais certaine que tu prendrais ton pied.

– Ouais, c'est trop bon. T'as bien choisi.

Je n'ai plus envie de bouger.

Nous terminons la séance par la dégustation d'un jus de fruits bio. Nous soupirons d'aise dans nos fauteuils moelleux. Il est temps de partir. Notre balade ne fait que commencer. Le seul hic, c'est notre budget. Nous ne sommes pas encore en période de soldes. Mais bon, nos hommes sont sympas. Ils nous ont refilés leurs cartes de crédit.

– Malheur à eux !

– A nous la grande vie !

La galerie commerçante que nous visons se trouve à deux stations de métro. Le temps étant de la partie, nous décidons de poursuivre notre chemin à pied. Les rues de ce côté-ci, sont accueillantes et ombragées. Et puis, n'oublions pas : nous sommes des grandes sportives ! Arrivées au shopping, nous empruntons l'escalator qui mène aux magasins et sommes incommodées par la lumière trop vive des éclairages. Mais que cela ne nous empêche pas d'entrer déjà dans la première enseigne venue. Zoé adore enfiler des tenues, et ouvre volontiers les rideaux pour avoir mon avis. Ce n'est pas trop mon truc. J'essaye dans ma petite cabine et je me regarde à la va vite dans le miroir en espérant toujours être protégée des regards indiscrets. Sinon, je rechigne à essayer, et tant pis pour les vêtements convoités. Je passe donc à côté de certaines bonnes affaires.

Trois heures plus tard, et seulement un sandwich à l'américain dans l'estomac, nous nous écroulons sur un banc, nos sacs à nos pieds. Les boîtes à chaussures sont encombrantes. Nous aurions dû demander de les enlever de leur emballage. Cette fois, le métro sera le bienvenu. Avant d'entamer notre retour, j'arrive encore à entraîner Zoé chez un glacier. Mon dernier caprice de la journée. La file est longue et je propose à mon amie de s'installer à une table.

– Je ferai la queue.

J'avance doucement. Un tas de bambins hésitent devant l'étalage impressionnant de crèmes glacées et autres sorbets. J'ai de plus en plus chaud. J'aimerais m'asseoir. J'ai un sentiment bizarre. Quelqu'un me regarde ? Je me sens de moins en moins à l'aise. Je commence à m'impatienter. Cette file n'avance pas. Les serveurs sont trop lents à mon goût. Cette impression d'être observée me poursuit. Je regarde à droite et à gauche et ne remarque rien de spécial. J'essaie de me rassurer. Zoé me fait un grand signe avec un point d'interrogation dans le regard. Elle a remarqué mon manège et semble s'inquiéter. Je sens que la panique monte doucement mais sûrement. Zoé se lève à la hâte et laisse tout en plan.

– Qu'est-ce qui t'arrive, t'es toute blanche ?

– Sais pas, ça va aller. Retourne à la table.

– Oups, t'es sûre ?

– …

– Rose ?

– J'ai l'impression que quelqu'un me regarde.

– Qu'est-ce que tu racontes ?

– Une drôle de sensation, ça m'angoisse.

– Vas t'asseoir, je prends ta place.

Des gouttes coulent le long de mes tempes. Ce sont des signes que je connais. Zoé aussi sait les identifier. J'arrive vaille que vaille à notre table, sur laquelle veillait un couple accompagné d'un gros chien tout hirsute. La dame propose d'aller me chercher un verre d'eau que j'accepte avec gratitude. Si mon malaise se dissipe doucement, il ne disparaît pas pour autant. Ce regard posé sur moi me hante et me terrifie. Pourtant, je ne repère toujours rien aux alentours. Je n'arriverai pas à me calmer. J'attrape un Lysanxia au fond de mon sac et le dépose sur ma langue. Très vite, je sens le calme revenir. Je respire plus posément. Mais je continue à être sur la défensive et j'ai du mal à entendre les paroles de mon amie. Elle a bien fait de ne pas me prendre un cornet. J'aurais eu du mal à le tenir calmement. Le froid de la glace contribue à mon apaisement. Je reprends doucement pied.

– Je vais appeler Victor, comme ça, on évitera le métro.

– Non, t'inquiète, ça va mieux.

– Termine à ton aise. On a tout notre temps.

C'est d'un pas un peu lent que nous arrivons jusqu'à la rame. Je n'ose pas m'asseoir en attendant le métro. Trop peur de ne plus savoir me relever. Le panneau lumineux indique deux minutes. Patience, cent-vingt secondes ne vont pas me tuer. Très vite, je vois les phares dans le tunnel. Cette impression oppressante m'envahit à nouveau. Je regrette de ne pas avoir accepté la proposition raisonnable de Zoé. Une fois installée sur ces affreux sièges en plastique orange, je me sentirai mieux, à l'abri de ce regard malveillant. Les portes s'ouvrent et je dois encore réaliser un gros effort pour laisser descendre les passagers. La voiture n'est pas bondée et nous trouvons rapidement une place l'une à côté de l'autre. Zoé dépose une main rassurante sur mon genou. J'essaye d'esquisser un semblant de sourire mais je sens mes lèvres trembler. Le métro démarre et... Je me pétrifie ! Là, à deux mètres de nous, de moi :

– IL est là !

– Qui ?

Ce regard bleu acier. Il ne me quitte pas. Je suis certaine que c'est Le Monstre. J'ouvre la bouche pour hurler mais aucun son ne franchit mes lèvres. JE VEUX SORTIR ! Nous arrivons à un arrêt et je n'arrive pas à bouger. Il se lève en me dévisageant et sort tout à son aise. Ma parole, il me nargue, le salaud ! Dans un geste de désespoir, j'arrive à montrer à Zoé l'homme en jeans et chemise à carreaux.

– Là, c'est lui…

Zoé n'a pas besoin de plus d'explication. Elle a compris.

– Oh, mon Dieu.

J'ai l'impression de me transformer en poisson. Ma bouche s'ouvre et se referme en un O de stupéfaction. Zoé ne connaît pas Le Monstre. Elle ne l'a jamais vu, si ce ne sont quelques photos vieillies. Zoé bondit sur ses jambes d'un air menaçant. Mais la rame repart, et elle n'a pas le temps d'exprimer toute sa fureur. Elle extirpe son portable de son sac et compose le numéro d'urgence. Celui de Jérémy.

– Zoé ? Quelque chose ne va pas ?

– C'est Rose, elle vient de voir une apparition

– Quoi ?

Jérémy hurle dans le combiné

– Son père !

– Bordel, j'arrive. Vous êtes où ?

– On arrive à Gribaumont.

– Descendez et attendez-moi.

Elle m'entoure de ses bras et me berce comme elle le ferait avec sa fille malade. Je n'ai pas la force de la repousser. Je n'en ai pas envie. A cet instant, je me fiche du regard des gens. Je ne les vois pas. Je me réfugie dans l'étreinte de Zoé. Très vite, je serai à la maison. Avec Jérémy. Avec Clémentine. Avec Mathias. Entourée de mes amis. Je serai dans MA bulle d'amour où il n'y a pas de place pour la méchanceté à l'état pur.

TRENTE-SEPT ANS (BIS)

Je vais chez maman, en fin de journée. J'ai essayé de laisser mes émotions au placard, mais c'est sans compter sur la perspicacité de maman. En ouvrant la porte, elle sait déjà que je ne suis pas en grande forme. Mon coup de sonnette trop insistant ? Allez savoir. Quoiqu'il en soit, elle est déjà en position « écoute ». Nous voilà accoudées toutes les deux au bar de sa cuisine autour d'un coca-glaçons.

– La boîte de glace à la stratchatella est pleine.

– J'en ai besoin.

– Je vois ça.

Aux grands maux, les grands réconforts. J'ai du mal à trouver les mots. Je ne veux pas l'inquiéter et en même temps, comment l'éviter. Comme je mets un certain temps à parler, elle m'interroge :

– Les enfants ?

– Ils vont bien.

– Jérémy ? Ta sœur ? Toi ?

– Oui, moi.

Bon, nous y voilà. Je lâche juste :

– Le Monstre.

Je suis étonnée par son « Merda ! ».

– Depuis quelques temps, je l'aperçois en sortant de l'hôpital. Je l'ai toujours évité, ne voulant pas renouer un semblant de dialogue avec lui. Un jour, n'y tenant plus, il m'a accostée alors que je m'apprêtais à descendre dans la bouche du métro.

Malgré son regard noir, il l'a saisie par le bras. Elle a juste eu le temps de s'agripper à un poteau de signalisation pour ne pas tomber. Se rendant compte de sa brusquerie, il s'est excusé. Il devait calmer le jeu, sachant que le sang chaud d'Anna pouvait ameuter tout le quartier.

– Il m'a juste demandé de vous revoir. Il voulait vous parler. A Justine. A toi. J'ai refusé tout net. Il m'a suppliée.

Maman n'a rien promis, et est partie sans état d'âme. Cette entrevue remontait à une dizaine de jours. Quand il l'avait revue, elle lui avait dit que nous ne voulions plus entendre parler de lui. Il ne faisait plus partie de notre vie. D'ailleurs, son seul rôle avait été de gâcher nos existences à toutes les trois. Qu'il disparaisse, tout le monde se porterait mieux.

Je suis sciée. Maman lui a parlé sans nous en toucher un mot. Comment n'ai-je rien vu ? Elle n'a laissé transparaître aucun signe. Quelle maîtrise d'elle-même. Waouh ! Il est certain que je n'ai pas hérité de ce trait de caractère.

Maintenant, je vois bien qu'elle est inquiète.

– Je ne pensais pas qu'il franchirait le pas. Qu'il irait jusqu'à tenter de parler à l'une d'entre vous.

– Oh non ! Il était là. Simplement, assis, il me regardait.

– Quel goujat. En même temps, je préfère ça.

– Tu parles, s'il m'avait abordée, je crois que j'aurais eu un infar.

Pas besoin d'en dire plus pour que le sang d'Anna, la « Mama », ne fasse qu'un tour. Elle est prête à exploser. Elle crache toute une belle bordée d'injures en sicilien. Son débit ayant retrouvé le chemin de son île natale, j'ai le plus grand mal à la suivre. Nous faisions la paire. Elle la furie, moi, la muette. Nous sommes d'accord pour mettre un terme à son petit jeu malsain.

– Il ne peut pas impunément continuer à nous harceler, même de loin. Apparemment, il se fiche de la décision du juge lui interdisant de vous approcher. Alors, à quoi bon retourner chez les flics. Il faut une confrontation.

– Oups, je n'y arriverai jamais.

– Nous irons à trois. Première chose à entreprendre : prévenir Justine.

Une fois le coup de fil passé, celle-ci déboule, aussi remontée que sa mère. Elle est sidérée.

– Il ne m'a pas encore abordée.

– Tu ne l'as pas vu ?

– Non, j'en suis certaine. Je m'en serais rendu compte. Par contre, une rencontre avec lui ça ne me ravit pas du tout.

– Je sais, ta sœur non plus, mais il faut mettre un terme à son manège une bonne fois pour toutes.

– Hugo et Jérémy pourraient nous accompagner.

– Vos hommes n'ont rien à voir dans l'histoire.

– Ben, quand même un peu, arrivé-je à articuler.

– Ils seront là, après, pour vous réconforter s'il le faut. Par contre, mon cousin Luigi, le seul qui soit encore en Belgique, sera au courant.

La « mafia » se met en branle ! Comme dans un bon vieux film : sous un borsalino, caché derrière son journal, l'œil mauvais et le rictus en coin. J'ai presque envie de rire. Je dis bien : presque. Le plan se dessine dans la tête de maman.

– Un endroit public où nous sommes connues. Pas question qu'il nous entraîne sur son terrain.

Nous décidons de la date et de l'heure. Le rendez-vous aura lieu de préférence à un moment d'affluence. Rien n'est laissé au hasard.

– Comme il t'a suivie, je suis certaine qu'il me recontactera. Il veut nous faire réagir.

C'est un sournois mais maintenant il sait que maman va passer à l'action. Il a été trop loin. La Mama va entrer en scène ! Justine et moi échangeons un regard complice, mais peu rassuré.

– J'aimerais parvenir à lui dire ce que j'ai sur le cœur. Du moins, essayer.

– Il faudra que tu sois forte, Rose. S'il remarque une faille, il va te démolir.

– Euh, tu ne crois pas que tu exagères un peu.

– Non, c'est un pervers. Si tu n'es pas sûre de toi, tu dois te taire.

– C'est charmant.

– Malheureusement, maman a raison. Mais tu peux y arriver.

Oups, je déglutis de travers. Il faudra que j'avale deux Lysanxia. Une double dose pour le rencard de ma vie.

Le jour J à l'heure H, nous sommes toutes les trois attablées au bistro de René, un vieux copain de maman qui a connu Le Monstre à l'époque maudite. Je ne repère pas tout de suite le cousin mafieux. C'est bon signe, il sait se montrer discret. Nous ne sommes pas dans les rues de Messine. Nous sommes venues à l'avance, histoire de prendre un petit remontant avant son arrivée. Pour moi, un bon verre de vin blanc suffit à diminuer un peu la pression. Il faut garder les idées claires. Ne pas se laisser dépasser par l'instant. Je ne vivrai ce face à face qu'une seule fois, et je ne veux rien rater. Je sens que mon équilibre psychologique à venir en dépend. Ce midi, je n'ai rien avalé. Mon estomac commence à gargouiller de manière indécente. Le temps me paraît interminable. Et s'il ne venait pas ? Il en serait fort capable. Il se cache peut-être derrière une haie, en nous observant de son œil torve.

Oups, le voilà !

Nous le repérons en même temps.

Il ne semble pas très ému à l'idée de nous rencontrer. Les mains dans les poches et la démarche traînante. Ses cheveux, comme dans mon souvenir, ne sont pas très nets. L'ensemble de sa personne dégage un relent mal soigné, négligé. Il s'assied lourdement sur la chaise libre entre Justine et maman. Je lui fais face. Sous ses airs cool, son regard n'est pas droit. Hihi ! Ça me rassure d'emblée. Pas si fier le gars.

Maman entame la discussion :

– Qu'est-ce que tu veux ?

– Bonjour Anna.

– …

– Bonjour les filles.

– Tu voulais les voir. Elles sont là. Parle une fois pour toutes et laisse les tranquilles.

– Arrête de mordre, Anna, nous sommes entre adultes. Elles peuvent parler sans ton consentement.

-…

Je dois y arriver. J'avais prévu tout un beau laïus à lui débiter. Mais où sont les mots ? Merde, c'est chaque fois la même chose. Pourtant, c'est maintenant ou jamais. Je sens son regard me pénétrer. Il prend de l'assurance. Maman m'avait prévenue. Ne montre pas tes faiblesses. Attaque avant qu'il ne te morde.

– Pourquoi ?

– Pourquoi quoi, ma chérie ?

– Ne t'avise plus jamais à l'appeler « ma chérie » ! De quel droit une ordure comme toi ose prononcer ces mots.

– C'est ma fille. Regarde comme elle est mignonne. Elle tremble.

– SALAUD.

Je me rends compte que j'ai hurlé. Je me suis levée, et ma chaise s'est renversée. Justine me retient et maman est déjà debout prête à s'interposer. Un grand sourire dévoile des dents jaunes. Oh, non, mon coco, tu ne vas pas gagner.

– Tu n'es qu'un raté. Tu m'as fait du mal, depuis toujours. Tu n'es qu'un déchet humain. J'étais toute petite. Tu étais sensé m'aimer, me protéger. Non, tu m'as brûlée. Tu as joué avec moi comme, comme, comme... Quoi, j'en sais rien ! Tu as violé une gamine de huit ans. Massacré une fillette qui avait le malheur d'être sur ton chemin. Et toutes les autres. Celles que tu as laissées sur ta route avant d'arriver ? Combien ? Combien tu en as torturées ? Je ne savais pas me défendre. Justine t'aimais bien. Tu as commencé à lui faire peur. Tu en as profité. Toujours tes coups en douce. Toujours ta sale gueule puante au-dessus de mon lit. Jamais, tu m'entends, jamais je n'ai été ta fille. Jamais je ne serai ta fille. Tu peux crever. Je ne prendrai même pas la peine d'aller cracher sur ta tombe. Qu'est-ce que je t'ai fait pour que tu sois si monstrueux avec moi ? J'étais petite, toute petite. Je voulais un papa et une maman. Tu me dégoûtes. C'est quoi ton problème, qu'est-ce que je t'ai fait ? Tu es tellement immonde que tu veux reprendre contact avec moi. Jusqu'où va ta perversité ? Tu attends que je je m'effondre, que je pleure, que je te supplie, que je te pardonne ? Va te faire foutre, tu m'entends, vas te faire foutre !!!

Pouf, je m'écroule sur ma chaise, à bout de souffle. J'avale d'une traite le reste de mon verre de blanc. Je le regarde, les joues en feu. Ma diatribe donne du courage à Justine, qui se jette à l'eau à son tour. J'ai la tête qui bourdonne et n'entends pas bien ce qu'elle lui dit. Je vois juste qu'il se décompose à vue d'œil. Je sens que maman va l'achever.

– Le temps où tu étais un mari et un père est révolu. Justine est malheureuse et Rose te déteste. Comment ai-je pu être aussi aveugle ? J'ai eu le malheur de croiser ta route. Je m'en voudrai toute ma vie. Mais les filles sont là, elles sont la preuve qu'un jour, nous nous sommes aimés. Ce temps est REVOLU. Basta ! Aujourd'hui, j'ai la chance d'avoir une famille sans toi. Des petits-enfants merveilleux. Tu ne connaîtras jamais ce bonheur. Tu ne seras jamais en paix. Comme elles te l'ont dit, tu peux disparaître. Nous, nous avons encore une longue et belle route à parcourir sans toi. Tu m'entends, Youril ? Sans toi !

C'est la dernière fois que je veux entendre ce prénom. Youril. Il fait trop mal.

Il ne dit plus rien. Il a perdu de sa superbe en quelques minutes. Nous avons mis le paquet toutes les trois. Il ne devait pas s'attendre à une telle offensive bien rangée. Aucune défaillance dans nos rangs. Je suis fière de notre petite troupe. Mon regard croise alors celui de Justine. Elle a des larmes plein les yeux. Je suis perdue. Je n'ai pas entendu ce qu'elle lui a dit. Maintenant que j'y pense, son ton n'était pas agressif. Oh mon Dieu, elle doit se souvenir du gentil papa. Non Juju, tiens le coup. Ça doit être une vraie torture pour elle.

Il esquisse un mouvement d'apaisement ou de capitulation. J'ai du mal à interpréter ce geste. L'essentiel est dit. Il se lève et quitte la pièce. La représentation est terminée. René nous apporte de nouvelles consommations aux frais de la maison. Il nous serre toutes les trois dans ses bras. C'est qu'il a la larme facile le bon René. Maman se retourne. Luigi n'est plus là.

– Justine, ma chérie, ça va ?

– Non... Pourquoi il est devenu comme ça ? Il était si chouette quand j'étais petite.

– Je sais, ma grande. Ce n'est plus le même homme.

– Essaye de garder tes bons souvenirs, Juju. Dis-toi que tu as au moins ça. Il ne peut pas te les voler.

J'ignore si la page est définitivement tournée. Mais je sais, du plus profond de moi, que j'ai fait un grand pas vers ma propre réconciliation. J'ose espérer que Adélaïde, où qu'elle soit puisse ressentir cet apaisement et en profiter un peu, un tout petit peu. Pour Justine, la route sera plus tortueuse. Je suis si triste pour elle. Comment l'apaiser ?

TRENTE-NEUF ANS

La rémission de notre petite Zora aura été bien courte. Tous les espoirs commencent à s'effriter. Me douce Zoé ne tient plus debout. Elle a arrêté ses activités pour être à cent pour cent auprès de sa fille. Victor n'est plus que l'ombre de lui-même. Il est en arrêt maladie, ce qui renforce le sentiment d'impuissance de Zoé. Clémentine et Mathias sont formidables. Tous les jours, à la sortie de l'école, ils courent chez Zora. Clémentine lui lit des histoires. Mathias, lui cueille des fleurs. Il en chipe dans les jardins, mais je n'ai pas le courage de le sermonner. Zora, c'est son amoureuse, sa princesse. Il croit en ses pouvoirs de prince charmant et est persuadé qu'il pourra la sauver. Quand la fillette séjourne à l'hôpital, nous montons tous en voiture et nous précipitons à son chevet. Parfois, les enfants ne peuvent pas la voir. Ils ont du mal à comprendre. Ils se sentent rejetés. Dans ces cas-là, Mathias s'installe dans la salle d'attente et dessine des paysages magnifiques. Il lui raconte ses journées aux crayons de couleurs. Il ne baisse pas les bras, mon petit bonhomme. Du haut de ses huit ans, il nous donne, à nous adultes, une belle leçon de vie. Zoé passe la tête et emporte le présent. Quand elle revient, elle dépose, à son tour, une offrande dans les mains du prince. Parfois un bonbon, parfois un petit mot.

– Dis, maman, elle va guérir Zora ?

– Les médecins la soignent.

– Oui, mais elle est tout le temps malade.

– Je sais, c'est une maladie pas très sympa. Elle est coriace.

– Plus grave que la grippe ?

– Oui, bien plus grave.

– Il n'y a pas de médicaments ?

– Si, elle est ici pour un traitement.

Je vois bien que mes explications sont caduques. Mais comment expliquer une leucémie à un enfant de cet âge. Je ne suis pas vraiment spécialiste. Entre les lymphocytes et les plaquettes, je m'y perds un peu.

– Alors, ça va aller. Tu te rappelles quand j'ai dû aller à la clinique ?

– Bien sûr que je m'en souviens.

– Ils m'ont bien soigné. J'ai été opéré et j'étais guéri.

– Oui, mais ce n'était pas la même chose. Toi, tu avais une appendicite.

– Ils peuvent pas l'opérer ?

– Non, mon cœur, c'est plus compliqué.

Victor vient souvent passer la soirée, et parfois la nuit à la maison. Zoé ne quitte plus beaucoup le chevet de sa fille et la maison vide n'est plus tolérable pour son mari. Au début, je craignais ses visites. Comment allait-il supporter la vue des enfants en pleine santé ? Comment ne pas tomber dans l'apitoiement ? A sa place, je n'aurais pas voulu de la pitié de mes amis. Trouver le juste milieu. Rester soi-même. Je suis finalement heureuse qu'il trouve un peu de réconfort auprès de nous. Le plus formidable est, une nouvelle fois, Mathias. Il lui parle de Zora comme si elle était là, juste endormie dans la pièce d'à côté. Clémentine, par contre, ne sait trop quelle attitude adopter. Elle s'installe parfois à côté de son parrain et lui prend la main. Ils échangent un timide sourire et tout est dit. A quatorze ans, difficile de montrer ses sentiments… mais il émane d'elle une telle douceur.

Les jours se succèdent dans l'angoisse. Le coup de fil fatal.

Un soir, Victor n'est pas venu. Jérémy ne parviens pas à le joindre.

– C'est pas normal. Ça ne lui ressemble pas.

– Non, tu as raison, j'espère qu'il ne lui est rien arrivé. Il ne manquerait plus que ça.

– Je file chez eux. Je te tiens au courant.

Nous avions un double des clés. Dix minutes plus tard, Jérémy m'appelle.

– Victor est dans un sale état : cocktail de comprimés et d'alcool.

– Oh, mon Dieu.

– Comme tu dis. J'ai appelé les secours. Ah, j'entends la sirène.

– Accompagne-le.

– Ok, Je vais voir si c'est possible.

Ils l'ont gardé pour la nuit, après un fameux lavage d'estomac.

Nous avons décidé d'héberger Victor le temps qu'il faudrait. C'est un véritable déchirement, une descente aux enfers. J'ai peur de rentrer le soir. Peur du spectacle que les enfants vont trouver en revenant de l'école. Maman a proposé de les prendre après quatre heures. Si, depuis la rentrée, je pensais que Clémentine était assez grande pour garder son petit frère, la donne avait changé. Le souci est de laisser Victor seul à la maison trop longtemps.

Cette situation devient invivable. La tension nous guette. Même l'optimisme de Mathias prend la tangente. Je souhaite que tout reprenne sa place. Mais je ne veux pas que le temps nous arrache Zora trop vite. Ces moments sont épuisants pour tous, sans compter le sentiment d'impuissance de Victor.

Un soir, j'ai trouvé la maison vide. Le téléphone n'avait pas sonné, mais la mort avait frappé.

Juste un prénom sur un post'it posé sur la table de la cuisine : « Zora ».

Je suis anéantie. Impossible de détacher mon regard de ces quatre lettres. Une éternité s'est écoulée avant que je ne retrouve un semblant de lucidité. « Zora ». Un message envoyé à Jérémy, à maman et à Justine. Je n'ai pas attendu de réponse. Je suis partie, comme un zombie retrouver mon amie. Le trajet est interminable. Je ne sais pas comment j'ai réussi à arriver entière à destination. Les parents respectifs de Zoé et Victor sont présents dans le hall de l'établissement. Personne ne parle. Chacun est perdu dans son chagrin. Aucun geste n'est échangé. Et puis, Anna ! Nous nous sommes littéralement précipitées dans les bras l'une de l'autre. Comme elle est petite et fragile, ma maman. Mais que son étreinte me fait du bien. Nous sommes restées de notre côté pour ne pas déranger la souffrance des autres. La maman de Zoé m'a fait un petit signe de la main. Nous avons égrainé les minutes et puis les heures avant que Zoé et Victor nous rejoignent. Zora avait été transférée dans la chapelle attenante. Tout y est très sobre. Mais quel choc. Ce petit cercueil blanc. Ma petite Zora, ma filleule tant aimée étendue dans son innocence pour l'éternité. Elle a revêtu sa robe préférée en imprimé de coquelicots. Elle a un petit sourire aux lèvres comme pour nous rassurer, pour nous envoyer un dernier message de réconfort. Au poignet, est enfilé le bracelet de pâquerettes confectionné par Mathias. Les fleurs sont fanées. A cet instant, mes pensées se sont envolées vers mon fils et vers ses espoirs à jamais perdus.

Zoé me parait inaccessible. Son regard absent, à des kilomètres lumière des gens présents. Victor assis à côté de sa fille, ne la lâche pas des yeux. Il n'ose pas la toucher. Seul bruit, la prière murmurée par maman. Elle s'est avancée, aérienne, près de Zora et a déposé un baiser délicat sur son front. D'un regard apaisant, elle m'invite à l'imiter. C'est alors que je sens le regard de Zoé posé sur moi. Un regard aimant. Je me suis penchée à mon tour sur ce petit corps endormi « Zora, mon amour, sois heureuse parmi les anges du ciel ». Après cet ultime baiser, je suis sortie. J'ai besoin de penser à Zora telle qu'elle était. Vivante.

Monte au ciel en paix ma Zora, tu deviendras une belle étoile. Nous nous retrouverons le soir. Montre-moi le chemin.

QUARANTE ANS

– Beueueu… une nouvelle décennie. Quelle poisse !

Les rides me guettent. Je suis à l'affût. Je m'examine à la loupe chaque soir. Les pots de crème s'accumulent sur la tablette de la salle de bains. J'ai poussé l'obsession jusqu'à acheter un miroir grossissant. Mamamia ! Que de découvertes. Il est loin le temps des points noirs, pas encore venu celui des tâches de vieillesses… Que dire des pattes d'oies qui se dessinent, de mes beaux petits seins qui commencent à loucher, de la cellulite sur les cuisses, les bras moins fermes... Bon, j'avoue ; j'éprouve du mal à entrer dans la quarantaine. Il faudra pourtant bien y passer. Clémentine se marre en me voyant affublée d'un masque aux concombres.

– Ben quoi, je reste quand même bio.

– Maman c'est un tue l'amour ton truc !

– Oups, tu as raison. De toute façon, j'en confectionne un uniquement en l'absence de ton père.

– Encore heureux, tu veux le faire fuir ?

– Je crois qu'il aurait plutôt du mal à réprimer un fou rire.

– Ouais, ce serait bien lui.

Mon homme est d'humeur taquine et l'âge aidant, il continue sur sa lancée. Pas de pitié pour Rose ! Tout est bon pour l'amuser, alors, une couche verdâtre sur le visage de sa femme… Je m'affole en feuilletant les catalogues d'achats de vêtements par correspondance. Des collections pour femmes de quarante ans et plus. J'avale plus difficilement ma salive en tournant les pages. Les couleurs sont ternes, les coupes à mourir de honte, les chaussures de nonnes. C'est tout juste si les talons sont encore autorisés. Même la lingerie est triste. Finies les fantaisies ! Ou alors, du chic de chez chic pour femmes d'affaires. Tailleurs stricts, chemisiers boutonnés jusqu'au menton. Chemise de nuit moche de chez moche.

– Je te verrais bien avec ce pyjama de pingouin.

– Quoi ? Tu t'y mets aussi. A quarante ans, on n'a plus le droit d'être sexy ? Plus le droit d'avoir envie de plaire ?

Clémentine aime en ajouter une couche en me montrant ostensiblement la page des tabliers de la ménagère-type.

– Et ça, c'est pas sexy peut-être ?

– T'arrêtes de te foutre de moi.

C'est le comble ! Moi qui n'enfile jamais ce genre de cache poussière. Quand j'étais petite, le règlement exigeait un tablier en nylon bleu marine. Mais c'était une autre époque. Mes enfants n'ont pas connu ce déguisement. Un simple vieux tee-shirt, et encore quand l'institutrice prévenait les parents d'une activité spéciale, faisait l'affaire. Clémentine adore me titiller. Elle laisse traîner les publicités un peu partout, toujours ouvertes sur une photo qui me fera bondir. Je marche, non je cours, au quart de tour. C'est mon point faible : Le temps qui passe et les ravages qu'il engendre. Clémentine a l'âge que j'avais lorsque j'ai rencontré son père. Et toc, dans les gencives ! Ma petite fille, ma toute petite fille. Elle s'amuse. Elle met le sujet sur la table lorsque nous ne sommes pas trop chauds pour une sortie.

– Oui, mais Jérémy, c'était un garçon sérieux. Jérémy me respectait. Jérémy était prévenant, intentionné…

– Ben oui, maman, il était amoureux quoi.

– Ne me prends pas pour plus bête que je ne suis. C'est pas parce qu'un garçon est amoureux qu'il n'a pas envie de faire l'amour.

– Qu'est-ce que tu racontes ?

– Oui, bon, je me comprends.

– C'est déjà ça, mais avec quoi tu viens ? Je veux juste sortir m'amuser.

– Bon, bon, admettons. L'époque était différente : les garçons et les filles n'avaient pas tous le feu au derrière.

– Mais Mama (en italien pour appuyer sur mon côté protectrice), tu rêves ta vie ! Vous étiez l'exception !

– Comment ça ? Non, nous n'étions pas coincés.

– Olà, du calme, je n'ai pas dit ça.

– Ah non ?

– Vous étiez... Spéciaux ?

– Mouais, bien essayé. Dans ta bouche, c'est un peu pareil, non ?

– A toi de voir, tu le prends comme tu veux.

Non mais. Je me dispute rarement avec ma fille. Elle est assez raisonnable. Je ne me plains pas. Justine, quant à elle, a dû user d'une patience d'ange avec Chloé. Côté fringues, Chloé est passée par toutes les modes des plus effarantes aux plus affriolantes. Ses cheveux évoluaient dans la gamme des rouges ; du roux intense au rouge pétant. Je dois avouer que plus d'une fois j'ai été très embêtée de l'emmener au ciné, où là aussi, j'en ai vu des films débiles. Oui, je sais, je ne suis plus de mon temps. Je ne suis pourtant pas encore complètement blette. Quand je sors avec ma fille, elle inspecte d'abord ma tenue. C'est le monde à l'envers. Il n'est pas rare qu'elle me demande de troquer mon chemisier contre un simple pullover. Je suis de bonne composition, car j'ai envie de profiter des moments avec elle. Ils vont commencer à se raréfier. Par contre, si l'inverse se présente, Oh là ! La crise peut arriver assez vite.

Au milieu de ce désordre, Mathias est un peu perdu. Il se demande souvent qui donne une leçon à qui. Ah, mon petit bonhomme ! Lui, il est toujours aussi fan de sa maman et il s'en fiche bien de la voir en jeans ou en jupe du moment qu'elle est toujours partante pour l'accompagner sur le terrain de foot. Je suis une supportrice très expressive. Parfois, il fait mine de se boucher les oreilles lorsque mon enthousiasme est un peu trop bruyant. En général, je suis plutôt calme. Mais quand je vois mon footballeur en herbe, je ne me tiens plus. Il est trop mimi dans son beau maillot rouge et vert. Il n'est pas très grand mais a une vitesse de déplacement phénoménale. C'est la terreur du club ! Parfois, il se la joue un peu trop perso, et se fait remonter les bretelles par son entraîneur. Alors, il boude. Et là, bonne chance pour le dérider. Il peut tenir plusieurs jours sans nous adresser la parole. Mais de qui il tient ce trait de caractère ? C'est le premier boudeur de la famille. Jérémy confirme que chez lui, la bouderie n'existait pas. Il faut un début à tout. Mais quand il est mutique, sa sœur est infernale. Elle le titille sans cesse. Ce qui a pour effet, de le rendre encore plus grincheux.

Ah, quelle ambiance avec mes loustics !

QUARANTE-TROIS ANS

– Clémentine, on est à la bourre ! Dépêche-toi, on va rater le Thalys !

Je l'entends cavaler dans les escaliers. Elle est toute échevelée. Une vraie gamine. Pour sa majorité nous avons décidé de partir à deux un petit week-end à Paris. Inutile de préciser que le programme est serré. Nous avons essayé de trouver les sites essentiels à visiter mais c'est loin d'être gagné. Deux jours, c'est très court pour visiter la capitale française, mais comme dit gaiement ma fille, « l'important c'est d'être à nous deux, sans les garçons dans les pattes ! ». Clémentine a besoin de faire le vide. Elle vient de vivre une rupture difficile et a le plus grand désir de changer d'air. Et comme notre voyage a été reporté un nombre incalculable de fois... Les deux font la paire.

A peine installées dans le train, Clémentine ferme les yeux. Je m'en doutais. Hier, elle a fait la bringue avec sa cousine Chloé et est rentrée aux petites heures. J'en profite pour la regarder à mon aise. Je peux compter sur les doigts d'une main, les occasions pareilles. Elle a hérité des cheveux fous de son père. Toujours en bataille, ils lui donnent un petit air ingénu. Elle est grande et élancée comme Justine. Ses yeux, fermés pour l'instant, oscillent entre le vert des beaux jours et le gris des jours de tempête. Elle a des tâches de son sur son petit nez en trompette. Ses lèvres sont joliment dessinées en un petit sourire constant. C'est vrai qu'elle est bien jolie ma fille ! Oups, elle a dû sentir que je l'observais. Elle ouvre un œil interrogateur. En me voyant lui sourire, elle se rendort aussitôt.

L'arrivée à Paris Nord se fait dans un sacré brouhaha. Une bande de jeunes manifestent contre je ne sais quoi. Nous ne prenons pas le temps de nous attarder et d'élucider le comment du pourquoi. Trop pressées de découvrir les parcs, les rues, les boulevards, les monuments. Paris, nous voilà !

La file n'est pas longue pour prendre des billets de métro. Le plan bien en main, nous sommes parties, direction Montmartre. Pigalle et ses petites rues sombres, le Moulin Rouge et nous voilà au pied du Sacré Cœur. Le vieux carrousel est à sa place. Nous gravissons les marches qui mènent sur le parvis. La vue sur les toits de Paris est dégagée et nous pouvons apercevoir le dôme des Invalides, la Tour Eiffel, la Tour Montparnasse, l'Arc de Triomphe et les nombreux clochers dont j'avoue ignorer le nom. Nous décidons de ne pas entrer dans la basilique mais plutôt de flâner sur la place du Tertre. Les croqueurs de portraits sont au rendez-vous et Clémentine se laisse esquisser. Quelques minutes de patience et... Le résultat n'est pas top. Bonne joueuse, elle donne la monnaie au peintre en herbe et nous poursuivons notre route. Opération petits cadeaux pour les garçons. Plus tôt ils seront choisis, plus vite nous serons quittes de cette mission. Objectif : le kitch. Clémentine jette son dévolu, pour Mathias, sur une boule de neige contenant une Tour Eiffel stylisée du plus moche effet. Pour Jérémy, je flashe sur une écharpe bariolée de tous les monuments parisiens, le tout dans des couleurs jaunes et kaki.

– Il sera très chic au prochain barbecue familial !

– Hugo va être jaloux.

– On pourrait en prendre une pour lui aussi.

– Oui, c'est bientôt son annif.

Nous fourrons nos trésors dans nos sacs et c'est reparti. Direction les Champs Elysées. Les boutiques sont ouvertes et nous ne résistons pas à un petit brin de shopping. Mais le budget est serré. Nous décidons plutôt de flâner sans entrer dans les magasins. Le temps est superbe et l'avenue est encombrée. Nous nous installons sur un banc dans le parc du Louvre et admirons la patience des touristes qui font la queue pour visiter la pyramide de verre. Arrivées sur les quais de Seine, nous nous prenons au jeu et nous lançons à la recherche du livre improbable.

– Regarde ce que je viens de trouver.

Une version du Kâma-Sûtra avec des illustrations ressemblant étrangement à des images pieuses.

– Hilarant maman ! C'est trop ce bouquin. On le prend !

Clémentine se marre comme une folle. Ses joues ont pris une douce couleur rose. La voilà qui se lance dans une négociation de haut vol avec le vendeur. Oups, je remarque tout de suite qu'il la dévore des yeux. Eh, doucement jeune homme. Ma fille achète un livre osé (oui, j'avoue que j'y suis un peu pour quelque chose), mais c'est pour le fun. Elle n'a pas le feu aux fesses. La transaction prend une tournure imprévue. Voilà, qu'ils en sont à l'échange des prénoms. J'admets : Benjamin, n'est pas mal du tout. Un beau métis au regard sombre et à la dégaine sauvage… Mamamia !

– Maman, tu serais ok si Ben nous rejoignait pour l'apéro ?

– Enchantée Ben.

– Ah oui, j'oublie les présentations : Benjamin, maman. Maman, Benjamin.

– Bonjour Madame.

– Alors, t'es d'accord ?

– Oui, pourquoi pas… J'essaye d'être enthousiaste mais j'ai un peu de mal. Clémentine remarque mon malaise et propose plutôt à son nouvel ami (Bouh, que les jeunes sont rapides pour faire connaissance) de se retrouver au bar de l'hôtel après notre soirée. Elle l'appellera.

– Désolée mais c'est un week-end entre filles. A plus !

– Merci chérie.

– Pas de souci, on avait dit à deux. Donc, à deux.

Et hop, un bisou plus tard, nous voici devant Notre Dame mais nous commençons à fatiguer.

Direction l'hôtel où une douche ne sera pas de trop. Comme il se trouve près du Parc Monceau, nous reprenons le métro. C'est donc à une heure assez tardive que nous arrivons au Trocadéro à la recherche d'un restau. La soirée est agréable et nous dégustons nos plats en terrasse. Je vois bien que Clémentine a envie de me parler de ...

– Comment tu le trouves ?

De qui parle-t-elle ? Voyant les points d'interrogations dans mes yeux, elle précise d'une petite voix :

– Ben…

– Il a l'air plutôt sympa.

– C'est tout ?

– Euuuh, je l'ai à peine vu.

– Ok, mais il est plutôt pas mal, non ?

– Il a beaucoup de charme en tout cas.

Et voilà, le coup de foudre. Non d'un petit bonhomme ! Nous levons nos verres à la santé de ce nouvel ami, qui n'est pas encore un amour. Mais de retour à l'hôtel, Ben est déjà là. Il attend ma fille avec une rose à la main. Je suis prête à fondre moi aussi. Pssst, je m'éclipse prétendant une grande fatigue, que je ne suis d'ailleurs pas loin d'éprouver. Je m'endors comme une masse et me réveille à peine lorsque Clémentine me rejoint à trois heures passées.

Moi qui pensait que le réveil serait difficile, la voilà debout la première. Petits déjeuners avalés et nous voici arpentant le Quartier Latin, La Sorbonne, la Montagne Sainte Geneviève et le Panthéon. Nous prolongeons notre pérégrination vers Saint Germain des Prés et nous nous installons à la terrasse des Trois Magots. Clémentine a la tête ailleurs. Elle est bien silencieuse.

– C'était GENIAL !

– Qu'est-ce que vous avez fait ?

– Rien de spécial. On s'est baladés.

Elle est sur son petit nuage. Paris est bien la ville des amoureux. Soudain, elle se lance dans un portrait détaillé de Benji. Le petit « i » qui fait toute la différence. Elle en pince.

– Benji est belge et termine ses études à Paris. Il était par hasard sur les quais pour donner un coup de main à un copain. C'est dingue, non ?

– Tu sais bien que je ne crois pas au hasard.

– Quoi, tu crois qu'il m'est destiné ?

– Je n'en sais rien. L'avenir nous le dira, mais sois prudente.

– Mais oui, t'inquiète pas.

Je décide de prendre les choses à la légère et de la taquiner. C'est donc sur une note pleine d'espoir que se termine notre minitrip.

Ma Clémentine est amoureuse. Comme j'aimerais qu'elle vive un grand amour comme celui que je partage avec Jérémy.

QUARANTE-QUATRE ANS

L'hiver est froid et les routes sont parsemées d'une fine pellicule de neige. Le paysage pourrait être magnifique s'il n'était tragique. La file des voitures noires est impressionnante. Des fleurs, des couronnes partout. Des gens amis et inconnus dans des manteaux sombres, couverts jusqu'aux oreilles. L'église est bondée mais je ne vois rien.

Glacée. Je me sens envahie d'un froid immense et insoutenable. J'ai l'impression de ne plus sentir mon corps alors qu'un frisson intense s'y est installé. Tous mes repères s'écroulent. Toujours se méfier d'un téléphone qui sonne aux petites heures, avant l'aube. Le sommeil ne m'avait pas encore quittée quand les sonneries ont retenti. Le numéro de maman s'affiche sur l'écran. Je décroche à moitié dans les vapes. Dans un souffle, maman arrive à articuler :

– Ta sœur a eu un accident de voiture.

Tout de suite je me redresse, envahie par une vision d'horreur.

– Tiens le coup…

Je hurle à la recherche de ce soleil qui refuse de se lever. Un cri inhumain remonte du plus profond de mes entrailles et s'échappe de ma gorge. Je ne me reconnais pas. Jérémy attrape le combiné mais maman a raccroché et seule la tonalité lui répond.

Depuis lors, je suis paralysée, tétanisée, impuissante à soutenir qui que ce soit. Je n'ai pas la force de voir Chloé ou maman. Je vis dans un brouillard opaque qui m'empêche de voir les personnes autour de moi. « Etat de choc » sont des mots qui me parviennent. La maison est encombrée de gens. Je sens la présence de Zoé mais je ne parviens pas à entrer en contact avec elle. Ses paroles ne m'atteignent pas. J'ai perdu la notion des heures. Je reste la plupart du temps prostrée sur mon lit, rideaux tirés. Parfois, j'ai l'impression de sentir une présence à mes côtés mais je n'ai pas la force de me retourner. Je voudrais que tout s'arrête. Je veux revoir une dernière fois Justine. Seulement lui dire au-revoir et à quel point je l'aime. Je ne me résoudrai pas à son absence. C'était ma petite maman. Elle m'a cajolée, dorlotée. Elle m'a soutenue face au Monstre. Elle lui a fait face. Je veux rester dans ces souvenirs. Revivre nos jeux de marelle, nos baignades dans la Mer du Nord, son soutien pour mon premier piercing, ses conseils pour m'habiller comme une grande. Je veux sentir cette odeur de patchouli qui la suivait partout adolescente. Je veux revivre nos moments de tendresse, nos fous rires. Je refuse d'affronter cette vérité absurde et cruelle.

Un matin, Jérémy m'annonce que l'enterrement aura lieu dans la journée.

– Non. Je ne veux pas y aller.

Il prend mon visage dans ses mains.

– Justine est dans la chapelle de la clinique. Nous allons ensemble lui dire un dernier au revoir avant la cérémonie.

J'entends ses paroles et j'aperçois un pantalon et un pullover noir accrochés à un cintre. Il comprend que je n'y arriverai pas sans son aide. Délicatement, il m'emmène à la salle de bains et règle la température de la douche. Il me déshabille et se glisse sous le jet avec moi. Je sens l'eau couler et les gestes de Jérémy très doux. Il me frictionne les cheveux et me laisse un instant seule. Tout doucement, j'émerge de ma torpeur. Je me sèche, j'enfile les vêtements de circonstance.

Maman m'attend dans le salon avec les enfants. Elle me laisse venir vers elle sans me brusquer. Je la vois se levant et m'ouvrant les bras. Je m'y accroche comme une noyée s'accrochant à une bouée. Jérémy, Clémentine et Mathias se joignent à notre étreinte, et nous pleurons en silence. Soudés.

– Ma chérie, Hugo va arriver. Il voudrait te parler. Nous avons eu une longue discussion tous les deux

– …

– Ça doit être lui, je vais ouvrir.

Je me précipite dans ses bras. Comme il a vieilli tout d'un coup ! Il me serre très fort et je sens ses larmes couler dans mon cou.

– Viens, allons dans le bureau de Jérémy. Non, plutôt dans la chambre…

Nous nous asseyons l'un à côté de l'autre sur le lit. Il me prend la main et la caresse doucement.

– Je ne sais pas trop par où commencer. Sa voix est à peine audible.

– Ça n'a pas d'importance.

– … Sa maladie… Elle n'était pas bien ces derniers temps…

– Je suis désolée, je n'ai rien remarqué.

– Elle t'appelait quand elle se sentait d'attaque.

– …

– Un jour, elle n'a plus reconnu Chloé sur une photo.

– … C'est horrible…

– Elle m'a forcé à lui dire de qui était le portrait. Elle s'est complètement effondrée. Depuis, ce n'était plus la même. Chloé ne le sait pas.

– Et toi ? Arrivé-je à articuler.

– Elle m'a toujours reconnu. Les cinq derniers jours, je suis resté avec elle. Elle refusait de sortir ou de voir du monde. Un soir, elle a pris la voiture. Je savais que je ne la reverrais pas.

– Tu veux dire ?

– Oui, elle avait pris des somnifères avant de partir. Je ne l'ai vu qu'après son départ. Nous avions beaucoup parlé de son souhait de quitter la vie tant qu'elle pouvait être maîtresse d'elle-même.

Les larmes ruissellent sur ses joues creuses. Je me sens trembler et pourtant, je n'arrive pas à détacher mes yeux de cet homme. L'Amour de ma sœur.

– Je ne pensais pas qu'elle irait jusqu'au bout. Je ne suis pas arrivé à la retenir. Mon amour n'a pas suffi…

– … Hugo… Tu sais qu'elle t'aimait plus que tout. Elle est partie pour que tu gardes un beau souvenir d'elle.

– Je voulais la garder. Prendre soin d'elle.

– … Elle a toujours dit ne pas vouloir devenir un légume sans souvenirs. C'était son expression.

– J'aurais pu…

– Non, tu lui as tout donné. Elle t'a aimé jusqu'au bout.

– …

Nous suivons ensemble le cercueil jusqu'à l'église. A l'intérieur, le froid est intense. L'odeur d'encens me monte à la tête. Les mots d'adieux se succèdent aux lectures. J'ai du mal à émerger du brouillard qui m'envahit. Chloé rend un vibrant hommage au courage de sa maman, à la maman formidable qu'elle était. Soudain, je me rends compte de la force de vivre qui émane de mon entourage. J'ai honte de ma faiblesse de ces derniers jours. Jérémy se lève. Lui aussi a préparé un texte. Je le suis jusqu'au pupitre. Je veux être là. Je veux témoigner, parler de ma sœur. Jérémy m'encourage d'un regard et me tend le feuillet. Je découvre ses phrases en même temps que je les prononce. Il a trouvé les mots justes. Il parle de Justine, de Juju, comme un frère aimant. Je me retrouve à travers ses mots et je me laisse aller à leur contact. Je m'en imprègne, Je les fais miens.

Je ne me sens plus seule en cette journée glacée. Il me faudra du temps pour apprendre à vivre l'absence de Juju. Je ne sais pas si je comprends son geste. J'ignore si je lui en veux. Qu'aurais-je pu dire ? Qu'aurais-je pu faire ?

QUARANTE-SIX ANS

Chloé, Clémentine, maman et moi, sommes toutes les quatre réunies autour d'un carnet rouge. Mon cœur bat la chamade. Je reconnais ce petit cahier relié de cuir. De nombreuses fois j'ai vu Justine s'y réfugier. Justine tenait à nous le transmettre. Hugo a éprouvé beaucoup de mal à ne pas le feuilleter. Aujourd'hui, encore, je le surprends à parler à Juju. Il a mal, « mal à Justine » comme il le murmure parfois. Il est perdu et hagard. Il refuse notre aide et j'en suis fort attristée. J'étais tellement habituée à sa présence. J'aimerais le retrouver…

Juju nous avait laissé un petit mot nous désignant comme légataires de ses mémoires. Aujourd'hui, le temps est venu de défaire la lanière et de découvrir ses pages.

Nous sommes installées sur des coussins bariolés, dans le séjour de Chloé. Une bûche se consume doucement dans la cassette et procure une ambiance réconfortante. L'émotion est palpable. Il nous a fallu tout ce temps pour nous sentir assez fortes, pour la retrouver à travers ses écrits.

Chloé prend le recueil la première et y dépose un doux baiser. Elle semble sereine et apaisée. Suite à la disparition de Justine, Chloé est partie pendant six mois. Hugo s'est noyé dans le boulot, refusant de faire face à cette double solitude. Il a préféré s'éloigner de nous. Notre présence lui était difficile. Cloé est allée à la recherche de sa mère. A la recherche d'une réconciliation. Ce geste définitif, Chloé ne l'a pas accepté. Elle a préféré s'éloigner de la grisaille et de la pesanteur du manque. Elle est partie en Inde, dans un ashram et a appris la méditation et l'introspection. Elle a entrepris ce voyage au plus profond d'elle-même et a enfin retrouvé la paix avec sa maman, mais aussi avec elle-même.

Très vite, nous prenons conscience que nous ne sommes pas face à un journal intime mais bien face à des textes, tantôt d'une extrême profondeur, tantôt d'une légèreté déconcertante. Des poésies, des récits, des impressions. Justine écrit sur tout ce qui l'entoure : la nature, le temps qui passe, et sur les gens. Un inconnu croisant sa route aura droit à un petit sourire. Un parapluie troué lui donnera envie d'une envolée toute en rimes. Et puis, son regard se pose sur nous. Un souvenir trouve une plume alerte et enjouée. Chloé se balade dans des chansons aux refrains enthousiastes. Maman vogue sur les notes de la Traviata. Clémentine s'épanouit dans des vers de tendresse. Et moi… je suis le fil rouge de ces portraits, de tous ces paysages couchés sur le papier. Je suis un clin d'œil perpétuel et intemporel. Ces textes commencent en douceur et retenue et prennent réellement leurs envols après son mariage. La naissance de Chloé semble lui avoir donné un nouveau souffle. Son écriture se relâche, se débarrasse de ses complexes. Je réalise la grande place que j'occupais dans la vie de ma sœur et, curieusement, j'en souris.

C'est un hymne que nous devrions lui dédier. Nous sommes loin d'avoir son talent. Etonnamment, nous avons la même idée : l'envie ou le devoir de remplir les pages restées vierges. La dépeindre comme elle nous a si bien racontées. L'exercice s'avère d'emblée compliqué. Je n'ai jamais été très douée dans ce style de création. Subitement, une image se fait jour. Ma Justine tellement présente tout au long de ma vie. Ma sœur toujours attentive à mon bien-être, même et surtout, dans les moments pénibles. Juju qui me laisse un message d'amour, ne peut être représentée que sous les traits d'une colombe protégeant de ses ailes son oisillon. C'est donc un crayon qu'il me faut. Cet oiseau, je désire le dessiner sur les pages comme le signe de sa présence auprès de chacune d'entre nous.

À travers ces pages, Chloé semble comprendre que sa mère ne la juge pas, ne lui en veut pas. Chloé si discrète nous annonce qu'elle a une amoureuse depuis quelques temps. Elle s'étonne de nos mines réjouies.

– Ben oui, je sais même qu'elle s'appelle Léa. Tu parles d'une surprise ! Rigole ma fille.

– Quoi ? Mais depuis quand vous avez compris que…

– Que tu aimes les filles ? Dit maman.

– T'es pas très discrète, cousine. T'as déjà vu comment tu reluques les nanas quand on sort ensemble ?

– Je n'ai jamais eu le courage d'en parler à maman.

– Une maman, lui dis-je, et surtout la tienne, si présente, n'avait pas besoin de tes mots. Elle ne t'a jamais poussée à lui en parler. Elle t'attendait simplement. Nous en avons souvent parlé. Tu sais bien qu'elle n'était pas très rétrograde. Justine a toujours pris les choses comme elles arrivent, avec fatalité. Je ne te mentirai pas en te disant qu'elle a subit un petit choc quand elle l'a découvert. En même temps, elle en souriait. Sa fille avait toujours été originale, et tes goûts amoureux ne pouvaient être qu'une surprise de plus. Elle était heureuse pour toi car tu es bien dans tes baskets. Ses mots te montrent à quel point elle te fait confiance. Elle ne te pardonne pas puisque, pour elle, il n'y a rien à excuser. Et ne pleure pas !

– J'aurais dû lui en parler…

– Je suis certaine, que si tu réfléchis bien, tu te rappelleras d'une allusion ou l'autre te prouvant qu'elle avait compris et que tu avais son assentiment.

– Tu sais, Chloé, lui dit maman, mon mariage a été plus qu'une catastrophe. Ce n'est pas moi qui vais prôner absolument l'union classique. Ce n'est de toute façon pas parce que tu vis une belle histoire avec une autre femme que les choses seront plus simples. Mais c'est ta vie, ton choix. Tu n'as pas de remords à avoir. Ta maman t'aimait comme tu es.

Et voilà, c'est reparti pour une myriade de larmes. Toutes les joues sont mouillées mais les sourires fleurissent simultanément.

Justine nous offre un arc-en-ciel d'émotions !

EPILOGUE

QUARANTE-NEUF ANS

« Chère Rose,

Ne hurle pas et ne déchire pas tout de suite cette lettre.

J'ai mis beaucoup de temps avant de me décider à t'écrire.

J'ai été un père odieux pour toi. D'ailleurs, le mot « père » n'est sans doute pas le bon attribut à me donner. Je sais que vous m'appelez le Monstre et vous avez raison.

Pourtant, tout aurait pu bien tourner. J'aimais réellement ta mère. Elle m'a tout donné et je n'ai pas su saisir la chance de vivre à ses côtés. Je sais que j'ai tout gâché. Je ne cherche pas d'excuses, ni de pardon.

Les mots que tu as prononcés, lors de notre dernière rencontre, m'ont secoué.

Je suis encore parti sans avoir réussi à calmer le jeu entre nous. Le jeu ? Quel mot stupide. Loin de moi l'envie de jouer. J'aurais juste voulu arriver à un dialogue normal entre gens d'une même famille. C'était sans compter sur toutes les émotions ; les tiennes, celles de ta sœur et de ta mère, mais aussi les miennes. J'ai encore tout foiré. Comment les choses auraient-elles pu se passer autrement ? Nous ne formions pas une famille. J'étais le seul à l'ignorer.

Vous avez vos vies et je n'en fais pas partie.

C'est seulement à ce moment que j'en ai pris réellement conscience.

Egoïste, je ne suis qu'un égoïste.

Cette lettre en est sans doute encore la preuve, mais je ne peux me résoudre à te perdre définitivement. J'ai pourtant compris que je ne comptais plus pour toi. Que je n'existais plus.

Tout est tellement confus.

Cette lettre est un au-revoir ou même un adieu…

J'aurai juste eu une fierté, celle de vous avoir donné la vie.

Tu ne vas peut-être pas me croire, mais j'ai vécu un véritable déchirement en apprenant le décès de ta sœur. J'aurais dû être sous terre à sa place. Moi qui ai bousillé ma vie en sniffant et m'injectant n'importe quoi, j'aurais dû…

Je suis plein de remords, de regrets et je ne peux en vouloir qu'à moi-même. Ce serait trop facile de mettre tout ça sur le compte d'une enfance faite de solitude et d'errance. Mes parents ont fait ce qu'ils ont pu. J'étais bien trop jeune pour m'en apercevoir. Avec eux aussi, j'ai tout raté. Je déçois tous ceux que j'aime. Ils sont morts dans l'angoisse de savoir ce que leur fils était devenu. Parce que j'ai été un fils… Je n'ai même pas eu le cran de leur faire signe. Ils ont disparu dans la misère pendant que je purgeais ma peine. Tu l'aurais aimée ta grand-mère... Et voilà, j'ai envie de nous créer un passé qui n'a pas existé. J'avais quelques photos d'eux. Ta mère te les a peut-être montrées. Mais à quoi bon m'attendrir ? J'ai passé ma vie à jouer avec les sentiments des autres.

L'espace de quelques années, j'ai été un mari et un père. J'aimais ta mère. Justine était une petite fille pleine de vie qui me faisait un bien fou. Et toi ? Quoi que tu en penses, je t'ai aimée. Mal, très mal.

En relisant ces mots, je m'étonne.

Quel est mon but ? Quel message ai-je envie de te laisser ?

Sans doute celui de souligner l'importance de la famille. Mais de quel droit ? Tu le sais déjà. Tu as de beaux enfants, un mari à tes côtés. Tu as réussi à te construire malgré toute cette merde que j'ai semée. De quel droit je te parle de famille alors que j'ai réussi à démolir la nôtre ?

Je n'ai pas le droit de te demander quoi que ce soit et encore moins ton pardon.

Je ne peux pas remonter le temps, effacer tes brûlures.

Je sais qu'un jour tes enfants te poseront des questions et que la boue sera remuée à nouveau. Le moment est peut-être déjà arrivé. Tes enfants sont grands maintenant. Que pourras-tu leur dire ? Tu es forte et tu trouveras les mots justes.

Je te demande juste une chose : oublie-moi.

Youril »

À la renverse. Je prends soudainement conscience de ma position. Instinctivement, je me suis mise en boule dans le coin de la chambre. Pourtant, j'ai ouvert le courrier dans la cuisine. Par contre, mes yeux sont secs. Mes cicatrices ne se réveillent pas. Quand j'émerge de cette lecture, le temps a passé. Quel gâchis ! Tout aurait pu être beau. J'avoue mon trouble. Je ne l'aurais pas cru capable de tels sentiments. J'ai toujours pensé qu'il en était dépourvu. Je ne veux pas me laisser aller à m'imaginer une autre vie. Est-ce encore un piège de sa part ? Dois-je prendre ces mots pour ce qu'ils sont ? Dois-je croire en ses remords, ses regrets ? Mais quel culot ! Me parler de famille, de ma grand-mère. Quel enfant n'aurait pas aimé sa grand-mère ? Je n'ai jamais connu les miennes. Des photos, juste des images sépias. Il ose mentionner mes enfants, mon mari. Depuis le temps que nous avons parlé de ce Youril. Mon père prisonnier suite à des gestes inouïs de méchanceté. À cause de lui, j'ai dû leur mentir. Passer sous silence l'épisode d'Adélaïde. Je vis avec ce secret. Je l'espère loin le jour où les questions reviendront. Comment ose- t-il parler de Justine ? JAMAIS son nom n'aurait dû être sali ! Il n'a pas le droit d'en parler ! Je sens la colère me gagner. Je refuse absolument cette image de ma sœur rongée par les vers. Pour moi, elle reste lumineuse, toujours à mes côtés. Chaque jour j'entends sa voix. Je prends garde à ne pas la perdre à nouveau. De quel droit, vient-il tout éclabousser. Au nom de l'amour paternel ? Ne me faites pas rire ! Et puis, l'ultime demande : « Oublie-moi ». C'est facile. L'oubli. Trop simple. Il est fier de m'avoir donné la vie et je devrais l'oublier. Mais moi, suis-je fière d'être née d'une telle union ? OK, l'amour a existé mais après ? Je suis forte ? D'où il sort ça ? Que de contradictions. Je suis dans le gaz. Son image de Monstre, loin de s'atténuer, prend encore de l'ampleur.

– Allô maman.

– Oui, ma chérie.

– J'ai reçu une lettre…

– Je m'y attendais, moi aussi, j'ai reçu du courrier.

– Il te demande pardon ?

– Non, ce serait mal le connaître. Il me dit adieu.

– À moi aussi, mais il demande que je l'oublie, et puis il parle de Juju…

Maman m'interrompt gentiment.

– Tout est fini, enfin, si je peux dire ça. La police vient de passer. Il est parti comme il a vécu. Un ultime cocktail. Tout indique un suicide.

– Purée, c'est trop facile ! Comment ose-t-il ? Deux lettres et ciao !

– Il aura été lui-même jusqu'au bout.

– Mais quel Monstre !

Tout de suite, j'essaye de chasser son image. Je lui interdis le chemin de mes souvenirs, et de ma tête, et de mon cœur. Il va disparaître à jamais de mon existence. Cette lettre, je vais, de ce pas, la brûler. Je ne verserai pas une larme. Il a sans doute gagné son dernier round, mais je gagnerai mon existence de paix. Je suis décidée à l'oublier. Mais pas comme il l'entend. Je vais l'effacer, le gommer. Non pas nier son existence et tous les dégâts qu'il a commis mais le reléguer à sa juste place, celle du néant, de la poussière d'où il n'aurait jamais dû émerger.

Non, il ne sera JAMAIS une étoile dans le ciel.

Aujourd'hui, le Monstre n'est plus. Il ne salira plus JAMAIS personne.

Aujourd'hui, ma Juju, où que tu sois, peut-être retrouveras-tu ton papa. Le mien n'est plus. Soudain, je m'aperçois que je l'appelle « Papa » pour la première fois.

REMERCIEMENTS

Un tout grand merci, à mes lecteurs et correcteurs de première classe !

J'adresse un grand merci à tous ceux qui me suivent, à travers mes romans, depuis le début de mon travail d'écriture. J'espère que Rose réussira à vous emporter dans ses escales…

Merci à tous ceux qui me rejoignent à travers ce roman.
Bienvenue à vous dans mon univers.

LES ESCALES DE ROSE

Ces « Escales » sont le portrait intime d'une enfant, d'une adolescente et enfin d'une femme trouvant tout au long de sa route des béquilles, des épaules, des bras l'éloignant de la chute. Ce roman se veut une ode à l'espoir, à l'amour, à la famille.

Issue d'un mariage improbable entre Anna au sang chaud et Youril le slave, Rose va tracer son chemin. Dans son berceau, son père a déposé chaos et douleur. Elle s'ouvrira au monde grâce à la tendresse et au soutien de sa mère et de sa sœur, Justine. Cette dernière, sa deuxième maman, occupe une place fondamentale dans sa vie. À travers ces « Escales », Rose vivra des amitiés profondes, des moments insouciants mais aussi des drames intolérables. Sa force, Rose la trouvera dans l'amour d'un homme, le regard de ses enfants, la présence indéfectible de sa « Mama ». Mais en toile de fond, toujours cette présence néfaste. Ce père, elle n'arrivera pas à s'en détacher et pourtant, elle parviendra à se construire, à éclore.

Patricia Duterne

Née en 1965 à Bruxelles, Patricia Duterne a suivi des études de psychologie. Elle a travaillé durant plus de vingt ans auprès d'enfants aveugles et malvoyants, dans le but notamment de favoriser leur intégration dans des classes ordinaires. Son premier roman Bulles de Vies est paru en 2014. Elle souhaiterait voir ses livres publiés dans une version adaptée, accessible aux personnes souffrant de déficience visuelle.

«QUAND L'ÉCRIVAIN PRÊTE SA PLUME À L'ÂME, LE LISEUR VIT UN RÊVE ÉVEILLÉ.
LE LIVRE EST PARTAGE ET SYMBIOSE ENTRE CES DEUX RÊVEURS.»

CHAT AILÉ

ROUTE D'EGHEZÉE 256
5190 ONOZ, BELGIQUE
WWW.CHATAILE.COM

DISTRIBUTION EN LIBRAIRIE

MAISON DE LA POÉSIE D'AMAY
BP 12, B–4540 AMAY / + 32 (0) 85 31 52 32
DISTRIBUTION@MAISONDELAPOESIE.COM

CHEZ LE MÊME ÉDITEUR

Le Chat Ailé publie 3 collections : Roman, Roman jeunesse et autre (photos,...)

1. INCROYABLE AVENTURE **Ghislaine Jermé**
2. L'ENFER DE FAUST **Vincent faucheux**
3. L'AUTRE ! **Sandra Di Silvio**

ISBN : 978-2-930834-00-9
DEPÔT LÉGAL : D/2015/13.607/1

Chat Ailé

ILLUSTRATION DE COUVERTURE
Vincent Duterne, *Rose*, photo, 2015

CONCEPTION GRAPHIQUE
Antoine Van Impe

Imprimé en Belgique dans la dignité
sur les presses de la Maison de la Poésie d'Amay